最強廢渣皇子暗中活躍於帝位之爭

佯裝無能的SS級皇子背地支配王位繼承戰

2

「我名叫李奧納多・雷克思・阿德勒。
這次奉命擔任出訪隆狄涅公國的全權大使。」
艾諾特・
雷克思・阿德勒

「五十分。艾諾的話可不會像你這樣發號施令。」
「好難演喔……」
李奧納多·雷克思·阿德勒
愛爾娜·馮·奧姆斯柏格

「星之聖劍……解放你的力量……
以助我討滅敵人！」
光芒逐漸匯聚於聖劍之刃——
其耀眼程度已成了近似太陽的震撼景象。

タンバ
插畫 夕薙

最強廢渣皇子暗中活躍於帝位之爭

伴裝無能的SS級皇子背地支配王位繼承戰

2

Kadokawa Fantastic Novels

Contents

目錄

第一章　帝都暗鬥
010
—
第二章　前往異國
104
—
第三章　南部生亂
158
—
第四章　討伐海龍
224
—
終章
305

皇族介紹

† 威廉・雷克思・阿德勒

第一皇子，三年前27歲時過世的皇太子。在世期間是個集帝國上下期待於一身的理想皇太子，本著人氣與實力，未曾讓帝位之爭發生的英才。威廉喪生成了帝位之爭的導火線。

† 莉婕露緹・雷克思・阿德勒

第一皇女，25歲。
率領東部國境守備軍的帝國元帥，以皇族最強姬將軍之名威懾鄰近諸國。對帝位之爭不予過問，已經明言無論誰即位都會以元帥身分效忠。

皇帝

† 約翰尼斯・雷克思・阿德勒

† 埃里格・雷克思・阿德勒

第二皇子，28歲。
擔任外務大臣且最有實力成為下任皇帝的皇子。以文官為後盾。冷酷的現實主義者。

† 珊翠菈・雷克思・阿德勒

第二皇女，22歲。
從事有關禁術的研究，以魔導師為後盾。
性格在皇族之中最為殘忍。

† 戈頓・雷克思・阿德勒

第三皇子，26歲。
任將軍之職的好戰派皇子。
以武官為後盾。性情單純直率。

† 杜勞葛多・雷克思・阿德勒

第四皇子，25歲。
特徵在於老土眼鏡的胖皇子。
文采不足卻有文豪之志的玩票墨客。

† 上上任皇帝
古斯塔夫・雷克思・阿德勒

以輩分而言是艾諾特的曾祖父，上上任皇帝。將帝位傳給兒子以後，便埋首於研究古代魔法，終導致帝都陷入混亂的「亂帝」。

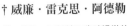

† 奧姆斯柏格勇爵家

約五百年前，於魔王震撼全大陸之際將其誅討的勇者後代。在帝國貴族中地位最高，僅向皇帝屈膝。勇爵家中亦只有具備才能之人方可召喚傳說的聖劍極光(Aurora)。視守護帝國為己任，基本上並不參與政治。

† 盧貝鐸・雷克思・阿德勒

第十皇子，10歲。
年歲尚幼，並未參加帝位之爭。
性格懦弱。

† 葵絲妲・雷克思・阿德勒

第三皇女，12歲。
幾乎不將情緒表露在外，只跟艾諾和李奧等特定的人交好。

亞德勒夏帝國的皇帝，有意讓十三名子嗣爭奪帝位，再將皇帝寶座傳給勝出的皇子。統治廣大帝國，一有機會就開疆拓土直至今日的明君。

† 亨瑞可・雷克思・阿德勒

第九皇子，16歲。
瞧不起艾諾特，對李奧納多的競爭心旺盛。

† 李奧納多・雷克思・阿德勒

第八皇子，18歲。

† 艾諾特・雷克思・阿德勒

第七皇子，18歲。

† 康拉德・雷克思・阿德勒

第六皇子，21歲。
與戈頓同母所生的弟弟。儘管身為直性子的戈頓胞弟，個性卻與艾諾特相近。

† 卡洛士・雷克思・阿德勒

第五皇子，23歲。
既沒有被評為優秀，也沒有被評為無能的平凡皇子。
然而所懷的夢想往往有違自身能耐，還巴望成為英雄。

第一章 帝都暗鬥

Episode 1

1

距離風波過了約兩週。由於情勢混亂，帝位之爭便無顯著的動靜。
而我和李奧就在這般局面下拜訪了某個地方。
該處稱作後宮，皇帝的寵妃們所居之地。
位於帝劍城後方，唯皇帝與獲皇帝准許之人才能涉足的群芳宮殿。
我們來這裡的理由只有一個。為了見母親。
上次見面不知道是什麼時候，或許相隔三個月左右。唉，雖然久違母親的只有我就是了，李奧似乎都會抽空過來相聚，實在勤快。
「母親，艾諾和李奧來向您請安了。」
「歡迎。我烤了糕點喔，吃過再走吧。」
在這座後宮，與兒子久別相見還能如此談吐自若的人，頂多只有我們的母親吧。

母親名喚密葉。烏溜長髮、黑眼眸，年輕貌美得讓人想不到有兩個這麼大的兒子。據她本人表示，在這方面是有注重保養。

她是東方出身的舞孃，更是讓父皇著迷於其姿色而當場求婚的傳奇舞孃。當年事蹟至今仍為帝都眾人樂道。

儘管成為傳奇的是她被求婚後就明言自己可不會讓人對小孩的教育插嘴，還問皇帝會不會介意，簡直可謂驚世駭俗。然而我們母親的作風說來正是這派風格。

實際上，這位母親在教育方面就完全不曾讓皇帝插嘴。

多虧如此，我長大後成了這副德行，但李奧仍舊是個才俊，應該算扯平吧。

我們坐到準備好的茶桌前，拈起糕點品嚐。於是──

「這麼說來，久未相聚了呢，艾諾。」

「是啊，好久不見，母親。」

「你久久沒有露面是因為忙著玩樂？還是有了情人呢？」

「自然是前者。」

「乏味的答案。你們倆未免太不近女色了，至少要跟為母的分享幾段情史啊。」

有時候，我會懷疑這個人是不是忘了自己的兒子貴為皇子。

我也就罷了，李奧有了情人可會是一樁大事，得從女方的身家查清一切。

母親對那些細節根本不在乎，所以我們倆都被當成普通的小孩養大。最起碼的禮儀規範是有教給我們，不過我們被迫學到的便只有如此。

這個人的教育方針是小孩想做什麼就讓他們做什麼。既然當母親的要這麼管教，即使我嫌家庭教師上的課無聊而蹺掉也不會挨罵。只不過她每次都會囑咐我，要把自己覺得將來有必要的知識學好。

現在想想真教人驚恐。不知道她把皇子的教育當成了什麼。

放任自主的結果，哥哥成了懶惰蟲，而弟弟培育得有才有料。應該可以說完全反映出性格吧。

「不提那些了，你們兄弟倆這趟所為何來呢？」

「母親，這次我被任命為全權大使，哥則是當了輔佐官，恐怕於近期內就要離開國家。我們是前來向您報告此事的。」

「哎呀？這樣啊？那你們要幫我帶土產回來的話，最好是挑能吃的東西。擺飾一類收了也令人困擾。」

「唉……」

虧她這樣的性格還能在後宮過活。

目前後宮裡同樣處於派系鬥爭之中，傳聞想讓自己的小孩稱帝的那些母親都在籌劃陰謀。顧及掌管後宮的皇后與皇帝目光，表面上的動作固然沒那麼明顯，但這裡肯定是得謹慎與人周旋的地方。

「母親，請問……您不擔心嗎？」

「你希望我擔心？李奧還真是孩子氣。我不打算對已經十八歲的孩子說東道西喔。既然陛下將差事交派給你們，就是認為你們辦得到。而我相信他的判斷。」

「這樣啊……那我也會拿出自信致力於工作。」

「我跟順便被指派的差不多，所以就適當應付嘍。」

「由你們去吧。即使失敗也不會丟了命啊。」

母親一邊喝紅茶一邊這麼告訴我們。換成別人應當會交代絕不容失敗，或者強調這是表現給陛下看的好機會。

當我如此思索時，傳來敲響房門的聲音。

母親應聲後，門被打開，接著葵絲姐就探出了臉。

「哎呀，葵絲姐，歡迎妳來。」

「母親大人！」

葵絲姐帶著平時不會露出的開朗表情奔向母親，然後坐到就座的母親腿上。

嬌小的葵絲姐在母親腿上坐穩以後，眼睛就盯著桌上的糕點。

她似乎姑且曉得那是為我們準備的。

「妳可以吃喔。畢竟艾諾和李奧都吃得不多。」

「真的嗎，艾諾皇兄、李奧皇兄？」

「行啊，沒問題。隨妳吃吧。」

「我也多嚐點好了。一起來享用吧，葵絲姐。」

「嗯！」

葵絲姐說著便把手伸向糕點，態度著實自在，彷彿待在親生母親身邊。葵絲姐的母親在她年幼時就已亡故，當時是母親說要扶養她的。

從那之後，葵絲姐一直把母親當成親娘般敬愛，跟我們兄弟倆也是因為這層關係才變得親暱。

「說到這個，愛爾娜有過來向我問候喔，還曾提及要跟艾諾道歉，莫非她對你做了什麼？」

「是啊，她可多事了。多虧如此，輔佐官的麻煩擔子才會落在我頭上。」

「皇兄就是怕麻煩……壞壞！」

葵絲姐用兔子玩偶的手臂指向我。

看來好像是玩偶在訓話的設定。我板起臉，所有人都笑了。

如此安穩的時光轉瞬即逝。當我覺得差不多該告辭時，母親提出了突兀的問題。

「對了對了，我有件事想先問你們。」

「什麼事？」

「蒼鷗（Blau Möwe）姬會成為哪一邊的妃子呢？」

「「噗！」」

我和李奧同時把紅茶噴出口。

嗆到的我用葵絲妲遞來的毛巾擦嘴。我們的母親突然問這什麼話啊？

「母親，菲妮小姐並不是那種對象喔……」

「不過你會用小姐稱呼女性，這還不稀奇？難不成現在是李奧占優勢？」

「嗯，民眾之間也都說他們倆登對嘛。」

我趁機把人推給李奧。

李奧擺出「鬧窩裡反啊！」的臉色，但我可不想跟這種麻煩的話題扯上關係。

我覺得趕緊走人才是上策，意想不到的伏兵就來攪局了。

「母親大人，菲妮是艾諾皇兄的朋友。」

「哎呀！是這樣嗎？」

「是的。菲妮非常漂亮，跟艾諾皇兄很相配。」

「哎呀哎呀。」

「不不不……」

母親看過來的目光像是在說「你也挺有一套呢」，使我心生困惑。

虧她敢把小女孩講的話照單全收。菲妮跟我相配？在帝都這麼說會被笑喔。

「我只是因為克萊納特公爵的關係才跟她相處得較久，彼此並沒有什麼啦。」

「但她仍然是帝國第一的美女耶。對不對，葵絲妲？」

「嗯～～……母親大人比較美！」

「謝謝妳～～葵絲妲～～我也覺得妳才是最美的～～」

我看見她們倆莫名其妙地相擁，就嘆了氣起身行禮，然後準備離開。

「你要走了嗎？」

「畢竟已經待了好一陣子啦。我今天還跟人有約，妳多陪陪母親。」

「艾諾皇兄，再見。」

「嗯，再見。母親也是。」

「好的。保重身體，誰教你總愛逞強。」

「我在人生中根本一次也沒有逞強過喔，因為我都是隨興而活。」

「是嗎？但願如此。那你加油吧。」

母親送我離開，我一出後宮便打起精神。
因為往後還有得忙，為了保住那塊空間，我可不能休息。
「瑟帕。」
「在！」
「去打探中立貴族的把柄。我們在帝都這段期間要盡力而為。」
「遵命。」
我的暗中活躍就此再度開始了。

2

「日安，貝爾茲伯爵。」
「恭迎艾諾特皇子。請問今天有何貴事？」
居於帝都的貝爾茲伯爵是未獲封地的宮廷貴族。
貝爾茲伯爵家代代在帝國擔任要職，他本身也以副工務大臣之位替土木及治水提供貢獻。

而貝爾茲伯爵始終都與帝位之爭保持距離。他的職位並不會對帝位之爭帶來直接的影響，因此其他三名皇兄皇姊也就沒有積極拉攏。

我會來到這樣的貝爾茲伯爵屋邸是因為聽聞了某個傳言。

「其實我耳聞了外傳的風聲。」

貝爾茲伯爵是年逾三十的男子，頭髮已禿，再搭配懦弱的外表，以往從未得過女性青睞。然而，幾年前他總算談成了婚事。這名男子本來就屬於名門之後，又有能耐擔任副大臣，只要找對象的方式沒出差錯，想討多少老婆都有。

只不過，他討錯了老婆。

「您、您說外傳的風聲是嗎……？」

「是啊，純屬風聲。貝爾茲伯爵，據說你的夫人每晚每夜都在外揮霍遊樂，出手之闊綽可比皇族，不曉得她有何生財之道，聽說大家都覺得不可思議呢。」

「這、這個嘛……是傳言誇大了。我的妻子確實喜好玩樂，但是跟皇室的高貴成員實在不能比……」

貝爾茲伯爵心慌似的用手帕擦去額頭上的汗水。這樣看來，瑟帕查到的情資沒錯。

瑟帕查出這名貝爾茲伯爵似乎都在跟熟人抱怨妻子。而他吐的苦水內容偏激，說是想離婚，離不成的話甚至寧願自殺。

從行為來推敲，應該是對揮霍遊樂的妻子生厭吧。問題在於這個男人把事情做到了什麼地步。

「貝爾茲伯爵。」

「我、我在！」

改換語氣的我狠狠一瞪，他就明顯地挺直了背脊。

這是出於內疚，或者天生的性子？不知道是哪一邊。

「還有別的風聲。外頭在懷疑你會不會盜用了國家的公款。」

「斷、斷無此事！我身為帝國之臣，一向忠於職務！拜託您相信我！」

「何苦求我呢。這次我會過來，正是因為風聲已經傳到城裡。要是進了父皇耳裡，事情就大嘍。我希望能及早解決。」

貝爾茲伯爵的臉頓時失去血色。

好懂的男人。或許他只是性格軟弱，不過看起來也不想讓皇帝知情。這表示要拉攏他有指望嗎？

「殿、殿下！懇請您相助！拜託您幫幫我！」

「我沒有打算幫罪犯。當然李奧也是。」

「我、我真的沒有動國家公款！」

「不然你是從哪裡調頭寸的？照伯爵的俸祿，理當供應不了妻子這樣玩樂吧？」

「起、起初有積蓄，所以還過得去……只是那些錢也很快就用完了，我只好向熟人借錢，到了最近甚至跟商人貸款……我對不起那些熟人，還款給商人的期限又已逼近，我實在不知道該如何是好……」

你怎麼會跟那種女人結婚呢？

當我冒出十分失禮的念頭時，房門就被粗魯地打開了。

「老公！這個月的零用錢很少耶！」

「蓓、蓓緹娜？妳出去！我正在與皇子商討大事！」

進來的是個金髮的亮麗美女，年紀應該跟我差不多或大一點，以三十歲男人的妻子而言則顯得年輕。

身上行頭也貴氣十足。她穿著在後宮常見的禮服，身上配戴的貴金屬都貨真價實。

難怪伯爵會想跟她離婚。

「皇子？誰啊，你是什麼人？」

「還、還不住口！」

「我是艾諾特・雷克思・阿德勒。打擾你們了，貝爾茲夫人。」

「艾諾特？啊！廢渣皇子對嗎？霍茲華特公爵家的兒子有提過你，優點全部被弟弟吸收掉的沒用皇子。光看就覺得無能耶。那你來我們家是要幹嘛？」
「……」
貝爾茲伯爵無言以對。
唉，我也是一樣的反應。敢這麼明目張膽嘲弄我的人頂多只有吉多。她大概是因為吉多這麼做，就認為自己也可以，但吉多是我的童年之交兼公爵家的兒子，立場有別。
對，這女的是個蠢貨。如此篤定的我對貝爾茲伯爵感到同情。
「給、給我退下……」
「啥？老公，你敢命令我？」
「反正給我退下就對了！」
這恐怕是伯爵第一次發火吧。
錯愕的蓓緹娜氣歪了臉，從房間離去。
「請原諒我妻子這般無禮！殿下！」
「我並沒有放在心上，反正我習慣了。不過，你這位夫人真有震撼力。」
「……我的妻子嫁進家門是在她十七歲的時候。身為地方貴族女兒的她以貌美聞名，我也對她一見鍾情，靠著各式各樣的贈禮談成了這門婚事。之後我一心怕被嫌棄就讓妻子予取予求，她卻變本加厲，到現在似乎把自己當成了皇族或上級貴族……」

「我認為錯的肯定是夫人，不過慣壞她的你也有責任。既然你身為丈夫，就必須加以訓斥並讓她改正過來。」

「是的……殿下您說得是。」

看來他的心已經完全受挫了吧。

貝爾茲伯爵垂著頭的模樣瀰漫著悲愴感。

那麼，該如何處理呢？接下來有必要將計畫略做調整。

起初我打算逐步取得伯爵的信賴，但是就這樣放著不管，難保他不會尋短。不得已嘍。

「你不敢提離婚，是因為當初自己主動求婚嗎？」

「這也是原因之一……而且我進城報告結婚之際，皇帝陛下曾大為歡喜……還賜了許多禮品。」

「原來如此。那要離婚就不方便了。」

我會挑中貝爾茲伯爵，並非只因為他有妻子這個把柄。

父皇對貝爾茲伯爵也相當器重。

他恐怕會成為將來的工務大臣。從用人的角度來想，也容易對忠於職務又不會耽於玩樂的貝爾茲伯爵寄予信任。

皇帝若是知道貝爾茲伯爵目前的處境，想必也會建議離婚，但是身為臣子就不可能明白在上位者的這些心思。

這時候便需要有個中間人。

「貝爾茲伯爵，照理來想，你也不是傻子，應該懂我過來的理由吧？」

「是、是的……您想要我加入李奧納多皇子的派系，對不對？」

「對。可以的話，我本來想多花些時日確認你能否信任……但是時日一拖，你似乎就撐不住了。我會請李奧將你的現狀轉達給父皇。如果父皇的意思傾向支持離婚，你便要果斷果決。夫人的娘家那邊，我也會派人行文告知，所以你放心吧。」

「您、您是說真的嗎！」

貝爾茲伯爵用彷彿見到救世主的目光望向我。他是被逼得多急啊？

唉，儘管有些自私，不過這也是為了帝位之爭，要請夫人把眼淚往裡吞了。說起來雙方都算自作自受，只是貝爾茲伯爵有利用價值，而夫人沒有。

不過，我該怎麼跟李奧說明呢？照他的個性，想也知道，八成會提議讓伯爵夫妻彼此協調比較好。

但我想避免讓李奧跟那個潑辣的夫人見面，見了難保心裡不會對女人留下陰影。

「貝爾茲伯爵，可以勞你寫封信向李奧請願嗎？」

「您、您是說寫信？」

「對，現在馬上。這樣會比較容易說服他。」

「說服？」

「因為李奧為人心腸軟，光是靠我轉達，他或許會設法讓你們夫妻修復感情。那樣你也不情願吧？」

「好、好的！我這就去寫！」

貝爾茲伯爵受我催促，寫起了向李奧請願的信。

生為帝都的貴族，又是平步青雲的菁英，居然會被一個女人弄得這麼慘。

討老婆果真要謹慎啊。

一瞬間，我在腦海裡想起自己身邊的女人，菲妮和愛爾娜。

想像她們倆成為妻子的模樣，我便覺得吃不消。無論娶誰為妻似乎都有許多苦頭，還是算了。

平平凡凡的女性才合我所好。

「殿、殿下，請問這樣寫行嗎……？」

「我瞧瞧喔。」

看了信的我臉孔緊繃。

上頭寫著告發妻子惡行的文章，隔著字句也能深刻體會他對妻子的不滿。
我看著近似詛咒的這封信，並且嘆了氣。
「我們幫完這個忙以後，勸你還是要小心美人計。」
「好、好的！我不會再著女人的道了！從今以後，我會誠心誠意為李奧納多皇子與您效勞！」
「別誤會，我們只是要找你協助。你的主子是皇帝陛下，而非我們兄弟倆。」
「是、是我失禮了……」
這部分要叮嚀清楚才行。
假如讓他奉李奧為主，反而會使我方在政敵面前徒增破綻。我希望極力避免這種事發生。
「那麼，信我收下了。幾天內就會告訴你結果，等著吧。」
「好的！煩請殿下多加關照。」
我就這樣離開了貝爾茲伯爵的屋邸。
離開屋邸時，我發現夫人從遠處瞪著貝爾茲伯爵。只好請他再撐幾天了。
結果，後來我讓李奧讀了信，他當然就反問：為什麼這個人會跟對方結婚呢？而我說服了李奧，並且將現狀轉達父皇以後，父皇便交代要貝爾茲伯爵立刻離婚，因此離婚這檔事進展得很快。

從父皇的立場來想，應該也受不了將來的大臣人選被地方貴族女兒吃垮吧。

於是有貝爾茲伯爵入夥，李奧的勢力又壯大了一些。

3

「艾諾大人，這樣好嗎？」

由於有幾份文件非得整理，當我在房裡忙著時，幫忙泡紅茶的菲妮就拋來了內容不清不楚的疑問。

「妳是指什麼？」

「我說的，是拉攏貝爾茲伯爵這件事。他確實有值得同情的地方，卻也沒辦法否認是自作自受。伯爵自己要對年輕嬌妻奉獻那麼多東西，管不了妻子以後就決定離婚……我身為女性會覺得難以苟同。」

「唉，只看這一點，貝爾茲伯爵倒是個差勁的男人。」

「還有其他觀點嗎？」

菲妮問得這麼直接，可見她相當不滿。畢竟求愛的是男方，又未必不能解讀成他在麻煩上身後就斷然跟妻子切割。由女人看來難免不服吧。

然而，這件事並不只是他們夫妻倆的問題。

我邊整理文件邊說明。

「貝爾茲伯爵的前妻蓓緹娜是南部的貴族道姆伯爵家所生，而道姆伯爵家跟南部最大的貴族克琉迦公爵家有姻親關係。妳聽過這個家名嗎？」

「當然了。記得在皇帝陛下的妃子當中，應該就有一位是出自克琉迦公爵家吧？」

「對，第五妃子正是現任克琉迦公爵胞妹。換句話說，他們是與皇族也交情甚篤的公爵家。那麼，問題來了。第五妃子所生的小孩是誰？」

菲妮對我出的問題思索了片刻才想起似的拍了手。

但她立刻又顯得缺乏自信地回答：

「是珊翠菈皇女殿下以及……」

「第九皇子。目前她弟弟與這件事無關，重點在於蓓緹娜和珊翠菈有瓜葛。」

「您說瓜葛嗎……？話雖如此，我倒不覺得母親娘家的姻親會有多深的瓜葛耶。」

「照常理來說是的。不過，這次的狀況略有不同。順帶一提，菲妮，妳記得我們的對手是以哪些族群為後盾嗎？」

「啊，我知道。埃里格皇子殿下有文官，戈頓皇子殿下有武官，珊翠菈皇女殿下則有魔導師為後盾，對不對？」

原來她姑且還記得。

不過，如果連這點事都記不住可就頭痛了。

我告訴菲妮答對了，她便高興得自認有所表現。我覺得這女孩給自己設的門檻偏低，一邊繼續說：

「那麼，妳認為當中在『帝都』最弱的後盾是哪一派？」

「您是問帝都嗎？不是帝國？」

「對，單指帝都。」

「呃……無論怎麼看，最有力的都是埃里格殿下吧。所以不是戈頓殿下就是珊翠菈殿下才對……嗯～我懂了！是戈頓殿下！」

「理由呢？」

「因為武官會待在前線，我想他們在帝都的勢力較弱。」

「想法固然沒錯，但妳答錯了，因為也有不上前線的武官。正確答案是珊翠菈。」

「啊唔唔，我沒有開竅……為什麼珊翠菈殿下的勢力較弱呢？」

我想了想要怎麼說明才容易理解，就把桌面擺的點心拿到手上。大概是因為獲得葵絲姐的讚許，今天的點心是動物造型餅乾。

我拿起獅子、鳥還有狼造型的餅乾，獅子與鳥直接擺到我旁邊的盤子上，狼型餅乾則是捏碎灑在周圍。

「啊啊……明明烤得那麼別緻……」

「那可真抱歉喔。好了，假設這塊盤子上的兩個餅乾是埃里格和戈頓，散落各處的就是珊翠菈。妳懂我說的意思嗎？」

「？？？」

「看來妳不懂。ＯＫ。文官及武官基於其職務，大多會待在帝都。然而魔導師並非國務人員，當然其中還是有人擔任官職，但他們有的屬於地方貴族，有的在國境戍守，分散到太多地方了。」

「原來如此！表示珊翠菈殿下在帝都的支持者並不多嘍？」

「就是這麼回事。所以呢，接著才是正題。」

「咦……？剛才談的並不算正題嗎……？」

菲妮聽出事情還會更複雜，就退了一步嚇得發抖。

我對這樣的菲妮露出苦笑，留意要盡可能說明得淺顯易懂。

「我會講得簡單點。出於後盾成員的關係，珊翠菈跟另外兩人一比，擔任國家要職的支持者相對較少。戈頓有武官，埃里格則可以透過文官向皇帝轉達自身的想法，可是珊翠菈就沒有這種管道。從珊翠菈的立場來想，這樣很困擾吧？」

「對呀。有無官階足以參與重臣會議的支持者，我想會是天壤之別。」

「正是如此。所以珊翠菈一直在策劃要讓自己的支持者坐上大臣之位。」

「這種事辦得到嗎？大臣不是都要由皇帝陛下來任命？」

「仍有可為之處啦。」

話說完，我改把移到盤子裡的點心呈縱向堆疊。

菲妮見狀便微微歪過頭。光是讓沒看慣的人目睹，就足以為之傾心的可愛模樣。這絕對不可以讓貝爾茲伯爵看見，他八成會向菲妮求婚。

但我沒有受那副模樣迷惑，還把排在上面的獅子餅乾捏碎。

「啊啊！又來了！」

「反正我都會吃掉，無妨吧？這就是讓自己心目中的人選坐上大臣位子的方法。」

「請問這是什麼意思呢？」

「不然我換個說法吧。剛才的獅子是現任大臣，排在底下的鳥則是大臣人選。只要捏碎上頭的獅子，鳥就會遞補大臣之位。」

「我懂了！意思是預先拉攏大臣人選，再把目前的大臣趕下台對不對！」

菲妮變得靈光多了。畢竟她的腦袋本來就不差，只是對這些權謀手段生疏而已，雖然偶爾會因為性格太單純而怕事就是了。

「就是這樣。先將支持者捧到副大臣或相近的職位，或者去拉攏這些職位的人成為支持者。接著再把上頭的大臣趕下台，就能將大臣納入自己的派系。」

「原來如此……所以這跟貝爾茲伯爵有什麼關係呢？」

「唉……貝爾茲伯爵的職務是？」

「副工務大臣……咦！」

多條支線總算接在一塊了。

畢竟這還挺複雜的，也怪不得菲妮。

「珊翠菈是透過母親的娘家在操控蓓緹娜，對蓓緹娜來說就是接到指示去當貴婦揮霍玩樂。我猜她也都欣然接受吧。而且，珊翠菈最近對蓓緹娜下了新的指示。」

「還有後續的動作啊……」

「這才是關鍵啦。蓓緹娜正在和現任工務大臣偷情。雖然好像是大臣主動要跟她發生關係，不過先勾引對方的應該是蓓緹娜吧。然後工務大臣娶的妻子又是皇帝朋友的女兒，撮合這對夫妻的似乎也是皇帝。假如偷情一事敗露，皇帝顯然會震怒。」

「……難道一切從最初就是計劃好的？」

「沒錯，這是珊翠菈編排的戲碼。派美女去釣沒有女人肯理會的貝爾茲伯爵，再叫那個美女折磨他。同時還設計工務大臣，準備把人趕下台。接著她會見機出手幫貝爾茲伯爵，並且向皇帝告發工務大臣偷情。如此一來，乖乖不得了，珊翠菈自己的支持者就當上大臣嘍。」

「請、請等一下！這、這樣的話……」

我對滿臉有話想問的菲妮露出賊笑。

長達數年的計畫可真辛苦對方了。她八成是從皇太子亡故時就開始布局了吧，卻在收尾時棋差一著。

「對，我把珊翠菈的計畫通盤搶走了。她現在應該氣炸了吧。」

「這怎麼成呢！艾諾大人，明明你之後要跟李奧大人離開帝都，怎麼還惹怒珊翠菈殿下呢！」

「正是因為我們要離開帝都，才必須拆珊翠菈的台。既然要離開帝都，免不了會受政敵攻擊，但是被三方夾攻的話實在撐不住。然而，假如三派人馬的勢力失衡會如何？被我們擺了一道的珊翠菈失去了重要的計畫，勢力會有所動搖吧。埃里格和戈頓不會錯失這種時機。要收拾我們隨時都行，要動珊翠菈卻只有她被削弱的當下可以出手。是我就會去剷除珊翠菈的勢力。」

「原來您已經想得那麼遠了嗎……？」

「全都要歸功於瑟帕。他從暗殺者口中套出了重要情資，貝爾茲伯爵的處境也都是瑟帕幫忙查出的。」

珊翠菈也有不智之舉。

居然把之前設計貝爾茲伯爵的暗殺者派來對付我。多虧如此，對方的計畫已經洩了底。珊翠菈大概以為手下不會鬆口，但是她小看我方了。

「那個……我從之前就覺得好奇，請問瑟帕先生到底是什麼人物呢？」

「嗯？我沒說過嗎？瑟帕當過暗殺者，還是以『死神』別號聞名全大陸的高手。」

「！為什麼這樣的人會來當艾諾大人的管家呢！」

「這改天再談吧，說來話長。那麼妳聽到這裡，對我幫忙貝爾茲伯爵一事還有什麼要抱怨的嗎？」

「沒、沒有……」

「就是嘛。沒有女人肯理貝爾茲伯爵應該也是珊翠菈搞的鬼。畢竟那個人三年前就擔任副大臣了，一般都會有女人主動迎上來。」

「我開始覺得他好可憐了……」

「是啊，從結婚算起有好幾年都受到他人擺弄。因為貝爾茲伯爵這樣實在太悽慘，我就出手幫了他。雖然談到利用伯爵這一點，我們也沒有差別啦。」

語畢，我將文件整理好。

有關工務大臣偷情的文件。這些要由貝爾茲伯爵呈交給父皇。

如此一來，短期內就是跟珊翠菈暗鬥。不會錯過這時機的戈頓肯定有所動作，帝位之爭將越演越烈。

然而這樣正好。戈頓視珊翠菈為眼中釘，而從珊翠菈的性格來想，她唯一氣不過的就是吃戈頓的虧。

他們互相消耗便能讓我方得利，既然狀況如此，埃里格也不會積極採取行動。

在我們離開帝都這段期間，就讓他們兩派鬥到疲憊吧。

我如此思索，將捏碎的餅乾含進口中。

4

「真有此事嗎！」

皇帝約翰尼斯把貝爾茲伯爵呈交的資料擺到工務大臣面前。

怒火在他眼裡打轉。

偷情被皇帝得知的工務大臣立刻下跪謝罪。

「懇請陛下饒恕！我是一時鬼迷心竅！」

「染指他人妻子罪行重大！你身為大臣總不可能不懂！對方還是自己部下的妻子！你有什麼居心！」

「這、這是因為……蓓、蓓緹娜主動要來接觸我的！懇請您饒恕！我被她勾引了！我是被陷害的！」

「受到勾引，你就會跟部下的妻子發生關係？那麼要是被我的妃子勾引，你也敢跟她們發生關係吧！」

「絕、絕對沒有這種事……」

「兩者同理！虧你敢歸咎於女方來勾引！」

約翰尼斯的憤怒未能平息。

他長年以來都把差事交給工務大臣包辦，甚至還作媒讓大臣取朋友女兒為妻，如今卻被對方用這種形式恩將仇報，簡直是一肚子火。

皇帝怒不可抑的理由並非只有如此。因為皇帝始終信賴且看重貝爾茲伯爵，而大臣偷情的對象就是讓伯爵飽受折磨的妻子。

下令要貝爾茲伯爵調查妻子的人也是皇帝。約翰尼斯會對躊躇的貝爾茲伯爵聲明若查出問題，他將親自裁決，是因為約翰尼斯對伯爵正是如此器重。

珊翠菈擬定計畫的大前提，在於約翰尼斯信任貝爾茲伯爵這一點。約翰尼斯認為他並不是那種會策動計謀，把上司趕下台的男人；實際上，貝爾茲伯爵這個男人也與那些陰險手段無緣。

正因為這樣，在約翰尼斯眼裡，會猜想「工務大臣」是為了保護自身的地位，利用能幹部下的妻子來逼人走上絕路。

這套思路已經被珊翠菈料中了。原本狀況足以讓人懷疑是貝爾茲伯爵要利用妻子趕工務大臣下台吧？約翰尼斯對伯爵的信賴以及伯爵的性格卻不會讓人著眼於此。

況且約翰尼斯已經聽說貝爾茲伯爵被妻子折磨而對他感到同情，因此約翰尼斯的決斷下得迅速。

「我要解除你的工務大臣之職！命你於自宅反省，等候發落！」

「墾、懇請您饒恕！請饒恕我吧！皇帝陛下！」

「叫貝爾茲伯爵過來！」

約翰尼斯看似盛怒難平地吩咐。

不一會兒，畏畏縮縮的貝爾茲伯爵便來到約翰尼斯眼前。

而且，貝爾茲伯爵一開口就先謝罪了。

「萬分抱歉！前妻有失體統，都是因為我管教不周！」

「貝爾茲……這是什麼話？你不必對此自責。」

「可、可是……」

「我信賴你。忠厚如你，難免會被壞女人騙，大概也有人把這當成缺點來看待，但我就是中意這點。你安守本分，克盡己職，我從以前就希望讓你這樣的人擔任大臣。還請你接掌工務大臣之位，好嗎？」

「這、這般重任，我實在不敢當！我的妻子犯了罪！請陛下降罪於我！」

「她已經不是你的妻子了。何況這件事是工務大臣有過錯，偷情並非一句受人勾引就可以得到寬恕。我不但無意降罪於你，還要懲處因此誹謗你的人。」

「陛、陛下……」

「我在此重新下令，任貝爾茲伯爵為工務大臣。你可要替國家付出更多心力。」

「……陛下這份恩情，臣沒齒難忘。臣會賭上貝爾茲家之名肩起重任以示負責。」

話說完，貝爾茲伯爵就接下了工務大臣的職位。

而約翰尼斯對貝爾茲伯爵交代過幾句，便要他退下。

隨後皇帝沉沉地坐到寶座，並且嘆息。

「越趨激化了呢。」

「是你啊，法蘭茲……」

未徵得許可就現身的人，是個跟約翰尼斯同年齡層的男子。

髮色淡銀的他穿著文官用的白裝束。在這個帝國只有一項職位能穿這套服裝。眾文官之首，宰相。

男子名為法蘭茲．賽貝克。從名字裡頭沒有「馮」就可以知道，他並非貴族出身。光靠才智就從旅館少東一路登上宰相位子的人中翹楚。

約翰尼斯告訴法蘭茲：

「競相博取大臣支持乃帝位之爭的常態，當今的大臣們也應該明白這一點。正因如此，在持身方面更得謹慎。受到勾引就跟部下的妻子發生關係之輩，根本不值得多談，那遲早要給帝國帶來危害。若沒有趁現在撤換，難保不會連我都蒙受損失。」

「我對您的裁決並無怨言。不過直接讓貝爾茲伯爵就任大臣該做何解呢？這件事能嗅出有權謀的味道。」

法蘭茲從約翰尼斯仍是皇子時就擔任參謀追隨至今，貝爾茲伯爵身邊圍繞的事端，在他看來只顯得可疑。

法蘭茲刻意不詳加調查，是因為帝位之爭禁止他人干涉，否則他應該已經查清來龍去脈了。

「有權謀也無妨。貝爾茲具備能力，而且他本身不會思索權謀。既然如此，將大臣之位交給他應當不成問題。何況對權謀一竅不通的人根本當不了皇帝。」

「陛下說這話豈不怪哉？您身為皇子時，應該都是由我來負責權謀吧？」

「那也是稱帝所需的資質。認清他人才幹的能力、指派他人的能力，兩者皆為皇帝所需。法蘭茲，我及早認清了你的資質，才把權謀盡交予你。多虧如此，我才能夠坐在這裡。」

「您說笑了。縱使沒有我，陛下也能奪取寶座才對。您就是高竿至此。」

法蘭茲說著便有片刻神馳於過往，而約翰尼斯也一樣。

兒女們正要走上自己過去也走過的路。那將是染血之路。即使明白這點，約翰尼斯也無法阻止。

正因有那場帝位之爭，才有現今的約翰尼斯。而且那段經驗在稱帝之時就會充分發揮功用。

帝國雖是強國，但並未獨霸於世。有對手存在，就非得與該國交手，因此時時刻刻都需要優秀的強人皇帝。帝位之爭便是為此而生，這是稱帝前的練習。

如果連這一關都過不了，就無資格稱帝。這相當於皇族代代相襲的傳統。

「以往陛下曾佯裝愚昧無知。儘管身為長兄，卻被世人稱作浪蕩皇子。」

「畢竟在帝位之爭跑第一是自添凶險啊。光是那樣就有被暗殺的風險，像我兒子便是如此……」

「找不到皇太子殿下被暗殺的證據，這是我和陛下全力調查的。即使如此，您仍懷疑那是暗殺嗎？」

「對，我能篤定，皇太子被暗殺了。他固然優秀，性情卻太過良善，凶手應該正是抓準這點。要是皇太子身邊起碼有人才能彌補這一點就好了。」

「畢竟那得靠時運啊。就這點而言，目前的第四派系想必有意思。」

法蘭茲說的話讓約翰尼斯揚起嘴脣笑了笑。

因為約翰尼斯也有相同的見解。

「果然你也這麼想？那一派乍看之下是靠李奧納多與他的領袖魅力匯聚成派系，但是肯定有人在暗地活躍，否則不可能將勢力拓展得這麼快。」

「而您認為那就是艾諾特皇子對吧？」

「是啊，那孩子像我。感覺他是在佯裝無能。」

「我有同感，但艾諾特皇子與陛下不同，無法感受到他對帝位的野心，還能看出他似乎是主動背負汙名。實際上，艾諾特皇子好像受任何攻擊都不會還手，據說如今已經被貴族打從心裡看扁了。」

「我不知道那孩子在想什麼。但是，他在上回風波中率先派了愛爾娜回防，還自己搞壞手鐲，以免愛爾娜與眾騎士被追究過失。這證明他有考慮基爾萬一已經淪陷時的局面，至少他並沒有街坊所稱的那般無能。當然，或許是我高估了他。」

「為了認清其資質，您才指派他當輔佐官嗎？那樣是不妥的。李奧納多殿下的派系就此失去指揮者了。」

「嗯，我是有此意，也承認這麼做有些情緒化。艾諾特那副從容的嘴臉就是讓我看不順眼。擺著一副彷彿能隨心所欲的嘴臉，那種臉我看不慣。」

這是同類相斥呢。差點脫口而出的法蘭茲收聲作罷。

因為他能想見說了也會遭到否定。

然而，法蘭茲相當清楚。

艾諾特比約翰尼斯所想的還要像約翰尼斯。

只不過，約翰尼斯有志向——自己稱帝的志向。從艾諾特身上卻感覺不出這一點。

缺乏志向或強烈信念的人會打亂局面。若他擁有力量，混亂程度更會加劇。

倘若艾諾特具備強烈的意志，就會用盡手段克服這次危機才對。約翰尼斯應該是想見識這一點。

而且艾諾特和李奧納多要克服危機，屆時才會得到約翰尼斯認同。

「您的意思是，短期內要觀望雙黑皇子有何手腕。」

「雙黑是嗎……外號取得不錯。他們倆是合二為一的皇帝人選。走正道的李奧納多可感受到皇太子的影子，而艾諾特要是能暗中輔佐，或許那兩人就可以拿下帝位。」

「這不好說。領先的幾位殿下也全是俊傑，換到不同時代，就算所有人都當上皇帝也不足為奇。目前雙黑皇子的勝算應該不高。」

「這是好事。由眾多優秀者競爭帝位時，賢帝將隨之而生，帝國自當安泰。」

對時時為帝國著想的約翰尼斯來說，這是最好的消息。

不過他在內心惦念。

但願兒女們能夠少流血。

約翰尼斯一邊想著身為皇帝絕不會說出口的話，一邊動手處理下一項政務。

5

「報告！赫爾梅魯子爵似乎遭人出手收買！」

「派人過去勸說！絕不要讓子爵投靠其他勢力！」
「報告！帝都守備隊的雷瑪隊長被珊翠菈殿下拉攏了！」
「什麼！唔！別再讓倒戈者繼續增加！盡可能動用人力，保住支持者！我也會出面遊說！」
夜晚。帝都正展開政治角力。
珊翠菈的計畫被通盤端走以後，她彷彿是要報復，不斷在搶奪李奧的支持者。
李奧對此應付得焦頭爛額。
「真辛苦。」
「哥，你也來幫忙啦！向對方挑起事端的本來就是你吧！」
「不不不，我確實有提議幫忙可憐的貝爾茲伯爵，但你也同意了吧？結果跟珊翠菈起了衝突，這一點我固然要道歉，但我們就算按兵不動，對方遲早也會出招才對。這樣不是正好嗎？」
「那你就來幫忙啊……」
「互搏又不是我的範疇，交給你嘍。再說我也無能為力。」
「既然哥都無能為力，我也無能為力啊。」
「喂喂喂，謙虛過頭會變成譏諷喔。只要你出面，許多支持者就會打消轉投之意，那樣留下來的人便是真心要支持你的。加油吧。」

「哥講得真像事不關己耶。受不了，全權大使的工作你絕對要幫忙喔。」

李奧說完便披上外衣從房間離去。

我目送他，並且深深嘆息。

珊翠菈對我方展開攻勢了，不過派系的核心人物尚未遭到收買。目前被收買的都是相對較新的支持者。就算他們被收買，也不會構成多大損失。

問題在於要怎麼留住構成派系的基底，不過思考這些是李奧的職責。

我該思考的是政敵在行動背後有何盤算。

「瑟帕。」

「在，請問有何吩咐？」

「如果你是珊翠菈，會怎麼做？挑誰下手？」

「是我就不會發動攻勢。出手的話，明顯會遭到其他派系干預。萬一要出手，我也會多等一陣子。目前恐怕要先致力於鞏固自己的支持者。」

「這我明白，但是氣上心頭的珊翠菈在當前已經向我方發動攻勢。面對這種情況，你怎麼看？」

瑟帕對我的問題思索片刻以後，就注意到桌上的點心袋而警覺似的咕噥。

他發現了嗎？就是啊，任誰稍作思考都會像這樣想通。

「菲妮大人吧。我會挑菲妮大人下手。」

「是吧。我們兄弟倆不在以後，只有菲妮能成為旗號，所以要下手就會挑菲妮。」

「您說得對。不過對方若對菲妮大人妄動，就會產生問題。」

「嗯，父皇應該不會默許。可是，假設菲妮為了鞏固支持者而四處奔走，還在途中被匪徒襲擊呢？父皇的怒火就會朝我們而來。」

「那麼，您是要將菲妮大人先留在城裡嗎？可我沒看見她的身影啊。」

「不，我要她去安全的地方了。畢竟這裡要說安全也不盡然，對方若是派城裡的人把她帶走也會很困擾。」

帝劍城的警備萬全無缺，不過那僅限於對外，假如對方從內部牽線就未必安全了。唉，皇帝所在的帝劍城上層固然是警備周全，總不能因為菲妮有危險，便把她送到父皇身邊。

「您是說安全的地方？可就我所知，留在艾諾特大人身邊想來才是最安全的吧？」

「不，跟貝爾茲伯爵接觸的是我，這一點難免已經露餡了吧。照理說，目前珊翠菈應該最想殺我，實在不能把菲妮留在我身邊。」

「原來如此。拉攏貝爾茲伯爵果真成了敗筆嗎？珊翠菈殿下恐怕也已經發覺您一直在暗藏實力了。我不認為伯爵有那麼高的價值。」

「反正我也沒辦法永遠裝無能，先前把愛爾娜派到父皇身邊救援時應該就被看破得差不多了啦。再說只要稍微調查，也會知道你原本是高明的暗殺者。以目前來講，對手理應會誤解我都是靠你。」

「太小看您那幾位皇兄皇姊可不行，樂觀是大忌喔。那三位跟您一樣，身上都流有令尊的血。」

「我懂啊。我沒有小看對手，所以你放心吧。我倒覺得沒有人比我更了解他們三個的斤兩。」

我就是因為進入最高戒備才會讓菲妮從身邊離開。

珊翠菈的這波攻勢肯定是為了誘出菲妮。只要她誘不出菲妮，幾名支持者倒戈後就能了事。唉，對我們派系來說，少了那幾名會是慘痛的損失，但總比失去菲妮好。

「看來您確實沒有小看對手。您似乎從未如此認真，是因為牽涉到菲妮大人嗎？」

「算是吧。菲妮是克萊納特公爵的女兒，現在失去她的話，我們就無力回天了。」

「當真只因為如此？艾諾特大人，平時您要是知道對手的意圖，肯定會布局反制。這次卻沒有布局，而是轉為堅守。因為您不想讓菲妮大人遭遇危險吧？」

「你想講什麼？」

「不，我認為這是好事喔。密葉大人想必也會感到欣慰。」
我本來想對講話一臉油條的瑟帕抱怨幾句，又立刻閉口了。
因為我曉得無論對這個管家說什麼，都會被他伶俐地回嘴。
所以我什麼都沒說就著手準備出門。
「您要外出？」
「是啊，畢竟有某個管家叫我別小看對手。我去確認一下菲妮的安全。」
「那可好。您去了以後，若能當面表示對她的擔心就完美了。」
「誰會跟她扯那些啊！」
「那真遺憾。所以，您將菲妮大人藏到了哪裡？」
「藏在你也很熟的地方。在這座帝都最安全，同時也是帝都最強之人住的地方。」
「原來如此。奧姆斯柏格勇爵家的屋邸嗎？待在那裡的話，敵人確實無從下手。」
正是這麼一回事。
我帶著釋懷的瑟帕前往奧姆斯柏格勇爵家的屋邸。

■■■

奧姆斯柏格勇爵家的屋邸位於城堡附近。

來到這座雄偉屋邸的我立刻就被允許進入。縱使貴為皇子，能這樣通行自如的頂多只有我吧。

愛爾娜和我以及李奧是青梅竹馬，不過在小時候，跟她有積極往來的絕大多數是我這一邊。

我都不記得自己究竟有幾次是哭著被愛爾娜拖進這座屋邸的了。

這種事持續一陣子以後，看門的眾騎士就連見到我也會說歡迎回來。在那個瞬間，我體認到習慣成自然有多恐怖。

這次明明隔了好幾年，門房居然還是說歡迎回來。對這個家的人而言，我就是可愛千金的朋友。

「仔細想想，對哭哭啼啼的小孩說歡迎回來是有什麼毛病啊……」

「在大人眼中會覺得兩位感情融洽吧。」

「由你來看覺得如何？」

「我固然也明白艾諾特大人不情願。這是當然。」

「……」

那你要阻止她嘛。差點脫口而出的這句話卻被我吞了回去。反正瑟帕肯定會隨口應付我。畢竟事情已經過去了，多虧有那段過去，我才能輕鬆地把菲妮送來這裡，如此一想就可以說從前並沒有白費。

思索著這些的我抵達門口。那裡有個髮色與愛爾娜相同的女性，眼睛為藍色，容貌年輕，還是個美女。假如不說，任誰都會以為她是愛爾娜的姊姊吧……

「好久不見，艾諾。」

「久未問候了，安娜女士。」

「瑟帕也別來無恙？」

「是的，奧姆斯柏格夫人。」

這個人是安娜．馮．奧姆斯柏格，奧姆斯柏格勇爵之妻兼愛爾娜的母親。

雖然我母親也差不多，但這個人的年輕程度根本是魔法。感覺她似乎沒有歲數這樣的概念。由於她從以前就是這副容貌，要稱作伯母會有所顧忌，結果我都用女士稱呼。

安娜女士笑吟吟地領我進到了屋內。

「很遺憾，外子並不在家。啊，您已經是堂堂殿下了呢，我用這種語氣講話會不會失禮呢？」

「不，安娜女士，麻煩妳照舊。聽妳用敬語會讓我尷尬得受不了。」

「哎呀呀，那就承你美意嘍。愛爾娜和菲妮目前在浴室。若你有意願，要不要一塊入浴？」

「我不想死，所以免了吧。」

「講話真聳動。你們以前不是都一起洗？」

「那都是小時候的事了，愛爾娜還差點讓我在這個家的浴室溺水。妳不記得嗎？」

「是有這麼回事呢。要說的話，你們倆還曾經一起哭著回來。你記得嗎？你為了打贏霸凌者，被愛爾娜特訓到哭，愛爾娜則是因為你完全沒進步而急到哭呢。」

「我現在聽了還是覺得毫無道理。」

那女的果真是天敵。

費解的是我內心並沒有留下深刻陰影。

換成內心脆弱的人可是會自殺的。

這個人會笑吟吟地談那些往事，可見她也相當離譜。

「總之，能不能請你先到這裡最邊緣的客房等候？」

「我明白了。」

「瑟帕可以來幫我泡茶嗎？」

「遵命。」

我以前常來，就代表瑟帕以前也常來。

瑟帕就像安娜女士的管家一樣跟隨而去。
我照吩咐前往最邊緣的客房，不經思考就伸手握住門把。
可是，把門稍微打開時便感受到有人的動靜，外加女性交談聲。
但我以為大概是侍女在鋪床，就不以為意地直接打開門。
而我錯了。
「……」
「愛爾娜大人穿禮服也很合適呢！接著換這套白色禮服。」
「菲、菲妮……妳別再拿我當換裝人偶啦……」
房間裡有身穿內衣褲的兩人。菲妮穿的是純白內衣褲，愛爾娜則是粉紅色內衣褲。
沒想到愛爾娜穿了鑲著荷葉邊的可愛款式。
平時不會現給任何人看的白皙肌膚暴露無遺。或許她們是認為在場只有女的，雙方都無意遮掩。菲妮平常多是穿寬鬆的衣服就看不出來，然而她的身材超乎意料地惹火。愛爾娜則如同上次確認的那樣，並沒有多大長進，但是喜好她這種苗條體型的人應該也不少。
當我思索這些時，她們倆就注意到我了。
一瞬間，她們浮現困惑的臉色，但是兩人隨即都滿臉通紅。

接著愛爾娜迅速從手邊抓起枕頭預備投擲。

抵抗已經毫無意義，因此我只能後悔。

我忘了，最難纏的人是安娜女士。她居然會拐我偷看未出嫁的女兒換衣服，簡直是明知故犯還以此為樂。

「艾諾！你喔！」

「艾諾大人？」

我覺得自己遭到算計，並用臉接下以驚人速度砸過來的枕頭。

6

「咕哇！」

被枕頭使勁砸中的我直接往後滾，後腦杓還重重撞在牆上。

「唔！我的頭！」

臉好痛，頭也好痛。

我心想自己為什麼會落到這種地步，一邊當場打滾掙扎。

愛爾娜趁這段空檔關了房門。

東拉西扯之間，端著紅茶和茶點的安娜女士與瑟帕過來了。

「怎麼了嗎，艾諾？難不成你想起了什麼害臊的往事？」

「不是啦！愛爾娜和菲妮在房裡換衣服，我就受到攻擊了！」

我告訴明知故犯卻裝蒜的安娜女士，於是她假惺惺地驚嘆一聲給了我回應。

這個人真是……！她到底想做什麼啊……

「她們之前有說過要去洗澡……唉，也罷。還不如來談談愛爾娜吧？你覺得如何？從她身上感受到一絲魅力了嗎？」

「她才不會跟我罷休，而且在談魅力以前就先感受到殺氣了啦……」

怎麼能用一句「也罷」就敷衍過去啊，當我傻了嗎？

假如飛過來的不是枕頭，我已經死了耶。

我摸摸還在發麻的臉。軟枕頭砸到就這樣了，誰知道換成硬的玩意兒會怎樣。

一陣寒意湧上，房門被使勁打開。

從中出現的當然是愛爾娜。

「艾諾～～？虧你沒有溜掉耶，值得誇獎呢。所以我給你機會解釋喔。來吧，講清楚你為什麼要偷窺。」

「喂！愛、愛爾娜，妳那把是練習用的劍吧！不是真劍吧！冷靜點！是安娜女士叫我去的！」

「別推給我媽媽！錯在你沒有敲門！」

「妳進我房間時也都不敲門吧！」

「我不敲又沒有什麼關係！」

「妳根本不講道理嘛！」

愛爾娜舉劍猛揮，我則是連滾帶閃。

再怎麼說也不至於拿真劍吧，但是未開鋒的練習劍在愛爾娜手上就足以成為凶器。被砍中就算沒死人，還是十足有可能喪失記憶。

「愛爾娜，妳這樣不體面喲。」

「媽、媽媽！可是，誰教艾諾要——！」

「有什麼關係呢。內衣褲被看見又何妨，你們倆以前還常常一起洗澡吧？」

「那、那是以前的事了！我們兩個現在都已經是大人！」

「既然是大人了，妳就該冷靜一點。」

被如此規勸的愛爾娜狠狠瞪向我。

我為什麼要被瞪啊……

豈有此理這個詞從剛才就在我腦海裡浮現好幾次。沒錯，小時候也是這樣。每次跟愛爾娜一起行動，我好像都會覺得豈有此理。

「總之我們先用茶吧。」

安娜女士說著便笑吟吟地走進客房。

愛爾娜也跟著進去。那個女的居然還大聲甩門，搞什麼……

剩下我跟瑟帕。

「真是飛來橫禍呢。」

「喂，瑟帕……」

「請問有何吩咐？啊，先跟您聲明，我著實沒有察覺喔。沒想到她們兩位正在房裡換衣服。雖然我曾想過房裡有玄機。」

既然覺得有玄機就先講嘛——我把這句內心的吶喊吞進肚裡。

這也是從小以來的慣例。除非有危險，否則瑟帕不會也不肯多說什麼。

「我對自己感到驚訝……虧我能長成正直的人。」

「正直？您真幽默。」

「隨便你說啦。」

瞪了瑟帕幾眼的我也跟著走進客房。這次我就沒忘記要敲門了。

「對不起喔，艾諾，我沒想到她們會在這個房間挑衣服。」

「沒關係，不用再提這件事了……」

「萬分抱歉……都是因為我多事。」

「菲妮，這不是妳的錯喲。全要怪艾諾。」

道歉的菲妮與趾高氣昂的愛爾娜。有反映出性格呢。

總結起來是這麼一回事。

這裡滿是供客人穿的衣服，為了挑菲妮要穿的衣服，愛爾娜就在入浴前順便陪菲妮來到這房間。接著不知為何便召開了試穿活動，據說時間拖得意外地久。

當然，安娜女士是以為她們都已經去浴室，自然就讓我進了這個房間，於是才發生那樣的慘劇。

並無異樣感。然而，感覺得出是刻意的。何必特地讓我進這個房間？只能想成安娜女士都算好了，但是追究也沒用，我不可能在口頭上贏她。

「哎，艾諾已經付了享眼福的代價，妳就別計較了嘛，愛爾娜。」

「才這樣就放過他嗎！出嫁前的女孩被人偷窺更衣耶！受害的還是勇爵家和公爵家的女兒！」

「不然妳要艾諾負起責任嗎？可以喔，媽媽同意你們。」

「啥！」

「咦咦咦咦！」

「唉……」

安娜女士若無其事地開口拋出震撼彈，反觀愛爾娜滿臉通紅說不出話，菲妮則嚇得神經兮兮。

真受不了這個人……

「找艾諾當女婿的話，我想妳爸爸也會答應喔。妳覺得如何？」

「問、問我覺得如何……這、這麼突然……再、再說我是騎士，何必扯那些……」

「既然妳無論如何都無法接受內衣褲被他看見，事情就會談到那個分上吧？不過呢，問題在於要跟克萊納特公爵家搶女婿。你真吃香耶，艾諾。」

「的確，這下也得跟菲妮大人的老家聯絡才行呢。」

「啊哇哇！聯、聯絡我父親？這、這實在……」

「請不要用尋開心的方式替我決定人生。說來抱歉，但是我還沒有要跟任何人結婚的打算。」
「你不負起責任嗎？」
「我不負。」
「哎呀，可惜了。」
安娜女士說完就張口吃下茶點。
事情演變至此，愛爾娜總算領悟到自己被戲弄了，這才紅著臉把頭轉開。
菲妮大概也察覺到是玩笑話，因而紅著臉低下頭。
「那麼，艾諾，是否該進入正題了？你應當不是來玩的吧？」
不愧是奧姆斯柏格夫人，通情達理。
我切換思緒並重新轉向安娜女士。
「如此請求或許有些厚顏，不過短期內，能不能讓我把菲妮留在這裡？還有，我希望能讓她盡可能與愛爾娜待在一起。」
「這跟帝位之爭有關對不對？那恕難配合。敝舍為勇爵家，不會牽涉帝位之爭。」
說來也是。
我對意料中的答覆感到心服。
躲一天風頭也就罷了，要是讓菲妮久留，勇爵家難保不會被視為站在我方陣營。

事情應該不能這樣辦吧。

然而——

「蒼鷗姬頗受皇帝陛下寵愛。她若有不測，將會招來皇帝陛下的怒火。我認為請到勇爵家保護其安全，並無不自然之處。」

「哎呀？你想改用這套說詞？」

「不用這套說詞，勇爵家便不會答應吧？」

「即使你不這麼說，只要明講一句請勇爵家賞臉，我就會答應喔。你依舊不擅訴諸人情呢，這樣可會吃虧喲。」

安娜女士滿不在乎地說道。

這就表示她願意答應。

如此一來，在珊翠菈的攻勢停歇前，菲妮的平安都能獲得保障。只要有勇爵家在，事情便沒有萬一。

「我會銘記在心。還有，謝謝妳，感激勇爵家的協助，將來我會回報這份恩情。」

「是啊，將來你可要回報喔。不過……日子過得真快呢，艾諾。居然連你都加入了帝位之爭……在我心裡，你永遠是個愛哭的孩子，但如今已經不同了呢。」

「我總不能永遠哭哭啼啼。那麼，菲妮，短期內請妳待在這裡。我想過幾天事情就會結束，妳放心吧。」

「好的……艾諾大人，請問你不會有危險嗎？」

「正因為我身旁危機四伏，才會要妳留在勇爵家。坦白講，氣上心頭的珊翠菈難保不會忽略得失對我動手。在此當下，她八成無法克制想殺我的念頭。」

珊翠菈性格殘忍，脾氣更是暴躁。如同這次的攻勢所示，在對方陣營裡根本沒有人管控得住她那樣的性子。起碼在珊翠菈身邊沒有。

這樣一來，我方也無法按照盤算行事。

這幾天將會是危險萬分的一段時期。再過幾天戈頓那邊就會對珊翠菈的陣營出手，這樣她對我方的攻勢自當減弱，不過戈頓再急也知道要等上幾天。

我方能否撐到那時，便是定勝負的關鍵。

「那、那麼艾諾大人最好也躲起來……」

「我躲的話，李奧就會遭殃。為了引開珊翠菈的目光，我更不能躲。反正她都派過一次暗殺者啦。」

「怎麼這樣！」

「早叫妳安心啦。我這邊有瑟帕在，有難時還能討救兵。」

話說完，菲妮才總算罷休。

她擔心的臉讓我過意不去，但我不會被暗殺。假如對方能突破瑟帕，大概就有辦法得手，然而突破以後還有我這層防線。

除非敵人察覺我是席瓦，否則要暗殺我便不可能。

7

由於菲妮有勇爵家保護，我們就可以放心行動了。

後來的兩天期間，我到處叮囑容易被珊翠菈找上的支持者，而珊翠菈終於在第二天夜晚動手了。

「有您的敵人。」

「來了是嗎？」

瑟帕在馬車疾馳的途中這麼告訴我。

雖然說早有預料，我仍嘆了口氣。珊翠菈八成氣得都腦充血了。她挑這時候動手，等於自己把漁翁之利送給戈頓和埃里格。既然有瑟帕在，即使珊翠菈能夠成功暗殺我，戰力也必會減損。屆時她就得在那種狀態下承受另外兩派攻擊，還會因為暗殺我而成為眾矢之的。

「目光短淺的女人。」

「某方面而言，倒可以說那一位看得長遠。會針對您而來就表示她有眼光。」

「那還真是多謝喔。不過，我可困擾了。」

「是啊。希望珊翠菈殿下的那些參謀能盡職。」

珊翠菈那派是以魔導師為後盾。派系中當然也有魔導師以外的成員，但優秀的文官和武官都會投靠到埃里格或戈頓底下，因此珊翠菈麾下缺乏政治天分高的參謀。她坐擁眾多強大的魔導師，卻無法站到戈頓或埃里格上頭就是因為這層緣故。

珊翠菈若有優秀的參謀，又肯聽取意見，大概會是另一番局面吧。

「由我去替您收拾。」

「我明白了。那我往城裡去。」

「請當心，或許另有伏兵。」

「到時候就見招拆招嘍。」

經過這樣的對話以後，瑟帕就從奔馳的馬車縱身而去。

唉，十之八九會有伏兵吧。對此我只有駕車的隨從陪伴。從敵人看來，應該會認為順利將瑟帕釣出去了。這樣的話，應該又會有多少知道內情的暗殺者現身，我要趁這個機會再來收集情資。

當我打著這些壞主意時，駕著馬車的隨從發出了尖叫。

「噫噫噫噫！皇、皇子！眼前有人擋路！」

「無所謂。前進。」

「怎、怎麼行！我、我可不想死！」

再遲鈍也會知道眼前的人是暗殺者吧。

年輕隨從停下馬車以後，就拋下我逃掉了。

被留在馬車裡的我嘆息。局面正如我所料，而且這樣也比較方便行事，自己的人望之低卻令我感到傻眼。假如在車上的是李奧，那個隨從應該就不會逃了。

「下來吧。我不忍心把你拖下馬車。」

「明明只是想確認我的臉嘛。」

暗殺者的口氣煞有介事，而我一面低聲回嘴一面乖乖從馬車下來。

有個將褐髮下半部剃短的中年男子站在馬車前，富有威嚴的那張臉瀰漫著身經百戰的強者氣息。看來珊翠菈動了真格呢。她恐怕派了麾下數一數二的高手過來。

乍看下是有A級冒險者的能耐。

以偷襲為業的暗殺者會有這等實力，表示相當老練。若有A級冒險者突然出現在背後，就算雙方實力同等也會輕易被奪去性命吧。暗殺者與冒險者不同，因為他們是殺人的行家。

「隨從棄你而去，還真可悲。」

「我缺乏人望又不是一天兩天的事。」

「原來如此，這點事不會讓你亂了陣腳啊。是出於對自己管家的信賴？」

「沒錯。瑟帕立刻會來收拾你。」

「動人的主僕信任關係，但無法如你所願。就算是那個管家，要迅速收拾掉十二名暗殺者然後趕來這裡，也是需要花時間的。」

「難說喔。」

我不改從容。男子大概認為這是裝的，就帶著苦笑朝我接近而來。

接著他在手上塑造出以火焰組成的短劍。

「雖是奉命行刺，但我不會殺你。我要讓你無法動彈地向我的主子報到。」

「我可不想去喜愛拷問的皇姊身邊報到。」

頗為機靈的部下。綁架在這種情況會比暗殺更有利。只要我失蹤，後續的因應方式多得是。畢竟埃里格和戈頓應該都不會傾全力救我，順利的話還能代我占輔佐官的缺。對方大可趕在搜查前把我帶出帝都，之後要拷問或另作處置都行。若是我屈服就會稱了珊翠菈的意。就算我能獲救，經過拷問以後也不敢講出珊翠菈的事吧。要不然摧毀我的心靈應該也是一個法子，這樣比暗殺更能造成打擊，又沒有風險。

「悲哀。要恨就恨你有個成材的弟弟。」

男子說完便擲出火焰短劍。

但我身邊設有防禦結界，憑那種程度的魔法破不了。因此我仍從容以對，那道焰之短劍卻被從旁揮來的一劍撲滅了。

「！」

「什麼人？」

「我是路過的冒險者。」

對方詫異，目光轉向攪局者。

在那裡的是個將褐色頭髮綁成馬尾的少女。然而，從深深戴著帽子的便裝打扮來看，感覺也像個少年。我認得那名少女。

在克萊納特公爵領討伐史萊姆之母時碰見的A級冒險者。

「既然是冒險者就讓開。妳總沒有受人委託吧？」

「對，我並沒有受人委託。當然，我也不明白後頭的是什麼人，又是因為何種理由遇襲。而且我並無道理及義務要幫這種人。」

「既然如此——」

「但是要眼睜睜看人被殺，我會於心不安。何況連隨從都棄他而去了，如果我還不助陣，未免不公平吧？」

「妳聽著……為他助陣就形同與貴人為敵喔。即使如此妳也不在乎？」

「與其見死不救而後悔，救了人再來後悔還比較像樣。」

男子聽完這句話就完全將少女視為敵人了。

他用雙手取出短劍擲向少女。那並非剛才那種用魔法製造出的短劍。少女用劍擋開，然而隨後藏著以冰塑成的短劍，若是躲開就會射中位在後方的我。

面對雜耍般的花招，少女用更花俏的招式應付。

她居然將劍化為盾，擋住冰之短劍。

「居然是形態可變的魔劍，妳的兵器可真稀奇……」

「這是在某座遺跡弄到手的，它還可以這麼用喔。」

話說完，少女這次就將盾化為槍。她一邊使勁揮舞長槍一邊緩緩靠近男子。

那柄長槍乍看下並無任何奇特之處，男子卻立刻發覺不尋常。

「唔……！」

「沒睡著算你厲害。這種音色連強大怪物聽了都會昏睡。」

「靠聲音嗎……！」

難道她正在發出誘使目標入眠的聲音？我這裡完全聽不出異常，但是長槍的揮舞聲在那個男子聽來似乎就像搖籃曲。

棘手的能力。認真作戰到一半睡著可不是鬧著玩的。就算戰勝睡意，也無法在萬全的狀態下對抗。男子應該也察覺了這一點。

男子立刻與少女拉開距離。接著他朝我瞥了一眼，咂了嘴後收手撤離。

隨後瑟帕就到了。

「請問這是什麼狀況？」

「我遇險時獲得了援助。謝謝妳，這下得救了。」

「不會，因為我不能坐視對方殺人。話說從馬車看來，您似乎身分顯赫？」

「啊，不好意思。我是艾諾特・雷克思・阿德勒，帝國的第七皇子。」

「第七皇子？原來如此，傳聞中的帝位之爭嗎？助人方知有獲。我離目標前進了一大步。」

少女說完便脫帽當場屈膝下跪。

她現出略顯中性的端正臉孔，年紀大概與我相仿吧？

「皇子，我名叫琳妃雅。主動索討救命之恩的回禮固然有違常情，不知道能否容我

向您請託？」

不不不，我可不記得自己有求妳幫忙。剛才那樣倒是讓我失去了逮住敵方暗殺者的機會。

儘管我心裡這麼想，她也不曉得我就是席瓦。而且以艾諾特的身分被她救了一命，我就不能推掉請託。推掉的話，以後便沒有人會幫我跟李奧。

但是，我根據過往的經驗可以曉得，這肯定是麻煩事。然而——

「總之先進城再聽妳說吧。請上馬車。雖然我不知道是否能幫到妳。」

我替自己預設最後的防線，並且邀琳妃雅上車。

受不了。接連而來的問題忙都忙不完。

微微嘆了氣的我只得感慨。

8

回城以後，我將琳妃雅邀到房裡。

接著我就和琳妃雅面對面在沙發坐下。

「我要再次向妳道謝，琳妃雅。如果沒有妳，我已經沒命了。」

「這倒不好說。那名暗殺者並沒有要殺您的意思，這樣的話，您後面的管家應該就來得及趕到。」

「就算這樣，我仍免去了受傷的危險。謝謝妳。」

「我是為了自己。還有，言語之外的回禮對我較有助益。」

琳妃雅面色不改地這麼告訴我。

真是個冷靜的女孩耶。講話語氣淡然平緩，也不會顯露表情。以隻身闖蕩的冒險者來講，我想她大概缺了親和力，但她還是吃得開，可見應該有實力。

「也對。那告訴我有何事相求吧。」

「感謝您。我出生的村子位於帝國南部邊境一帶，提到流民之村，您便可以推想出大概了吧？」

流民之村。這個詞讓我蹙起眉頭。我本來就認為會是麻煩事，她提出的話題卻比我想像的更加棘手。

所謂流民就如同字面所示，是指流落而來的民眾。原本並非帝國的人民，因戰爭或怪物出沒而被迫離鄉的人們。那便是流民。

「當然能推想到，這問題對我來說門檻可高了。麻煩妳說下去吧。」

「好的。如您所知，流民之村散見於各地，但是大多不被帝國所認同。這是理所當然的。畢竟流民是擅自入境，擅自建立了村落，對此我並沒有抱怨之意。我住的村子亦屬其中之一。不過……這次我們需要帝國的協助。」

「有狀況發生？」

「正是如此。我們村子成了人口販子的目標，被擄走的是年輕女孩與兒童。而理由在於我們村子是由多支流民組成的村莊，含我在內，大多人是混血。」

混血並不稀奇。要說的話，我同樣屬於混血。

黑髮在帝國算不上罕見，然而連眼睛都是黑的就有點稀奇了。哎，頂多會讓人猜測是來自東方的血統啦。

換句話說，光是如此還不足以構成擄人的理由。

「混血到最後，妳的村子發生了什麼狀況？」

「……虹膜異色症（Odd Eye）。」

聽到她這麼說的瞬間，我心裡冒出了「果然沒錯」這句話。混血且成為人口販子的目標，可能性就只有人類與亞人混種產子以及她提的那項特徵。我不禁咂嘴，翹起腿。

說來令人作嘔，虹膜異色症是左右眼睛顏色會有差異的特殊現象。問題在於有人會以高價交易罹患該症的小孩，因為新奇稀罕，而且大多具備高魔力。

「既然有販賣人口的情事就不能置之不理。然而，南部邊境可說是偏僻到了極點，與其專程來帝都求助，妳在鄰近的大城市找領主或軍方人員談會比較快吧？」

「我去談過了，可是，都沒有人肯採取行動。對方表示查無證據，甚至還說那樣的村子不存在……所以我才會離開村子，想要請帝都的權貴採取行動。幸好我並沒有虹膜異色症。後來我在西部接受委託時跟席瓦有了交集，還聽說席瓦跟皇族有所聯繫，因此我來到帝都是為了尋訪席瓦。結果，見到他之前倒先與您有了交集。」

「那還真巧。不過，沒人肯採取行動是嗎……」

最糟的狀況在我的腦海裡浮現；這項問題中最棘手的狀況。

那就是當地的領主或軍方人員與人口販賣組織相互勾結。如此一來，問題就不單是流民之村，會變成貴族與軍方腐敗的問題。

而且這樣的話，我就沒有足夠的時間可以解決。

「艾諾特大人，就算是救命恩人相求，辦不到的事還是該明講辦不到。」

「瑟帕……」

「請問為什麼呢？」

「艾諾特大人與皇弟李奧納多大人於近期內，將以全權大使以及輔佐官的身分出使他國，起碼得離開半個月，長的話會有幾個月無法回國，即使想幫妳也撥不出時間。」

「這樣啊……那麼，能否請您至少援助資金？我將報酬交給了在認識的冒險者當中可信賴的幾個人，並委託他們保護村子，因此村裡短期內是安全的。只不過，我的村子無法負擔長期僱用冒險者的費用。我也用賺來的錢付了預付款，卻不足以讓他們一直留在村裡……」

原來如此。她特地成為冒險者就是為了這個。一面賺錢，一面還可以自己分辨誰是值得信賴的冒險者。這樣的話，跟夥伴一起接委託是最好的做法。

琳妃雅還真會想。那麼，事情該如何處理好呢？

要撇開她不難。我沒必要在多事之秋將如此麻煩的問題攬到身上。

雖然說對方是救命恩人，那僅止於表面，我並沒有真的遭遇到什麼生命危險。何況人有幫得了以及幫不了的請託，這次無論怎麼想都屬於後者。

但現在撇開她的話，感覺我方有幾個人會心生怨言。抱怨也就罷了，麻煩的是他們似乎會擅自行動。情非得已。

「琳妃雅，狀況我明白了。我可以提出妥協的方案嗎？」

「您說妥協的方案？」

「對，我和李奧會前往他國，這無可避免。但是，等我回來就會盡可能協助你們的村子，希望妳能等到那時候。當然，我會另外委託可信賴的冒險者以保村子裡安全，錢由我這邊來負擔。這樣妳能不能接受？」
「您願意這樣辦嗎……？」
「艾諾特大人……風險實在太高了。目前帝位之爭戰況正酣喔，將其他問題攬到身上將對我方造成破綻，可能還會有像今天這樣的事情發生。」
「既然如此，我也會提供助力。您覺得這樣如何？」
琳妃雅說著就把自己的劍擱在桌上。
外觀是一柄細劍，不過正如剛才所見，這柄劍屬於魔劍，形狀可化為長槍或盾牌。從長槍的能力來看，各種形態應該各有不同的能力。
亮出那玩意兒的琳妃雅面色不改地告訴我：
「若您願意保護村子，我便會守護您，我會保住您想要保護的事物。這樣是否可以成為一樁交易呢？不是我自誇，保護大人物可是我擅長的項目。」
「感謝妳自薦，但是村子裡不要緊嗎？」
「既然您願意派冒險者過去，應該就不成問題。人口販賣組織裡並沒有高手，我在村裡的時候光靠自己就守住村子了。有A級水準的冒險者便能保障村裡安全。」
她特地對我說這些，是個講道義且慎重的女生。
琳妃雅也有考慮到我會光說不做，才提議要留在我身邊。

視情況而定，其實我也有考慮到那種做法，因此我用了「會盡可能協助」這種要怎麼解讀都可以的說詞。看來這次算撿到了不賴的人才？

再稍微試探一下吧。

「琳妃雅，倘若如此，萬一我不守信，妳有什麼打算？」

「我會帶著對您不利的材料，改投其他陣營，再以此換取報酬拯救村子。」

我和瑟帕同時看向彼此的臉。

A級冒險者具備可因應多種狀況的戰鬥能力，也多少懂得跟人談判。畢竟她是獨自以冒險者身分謀生至今，知識應該也很豐富。

菲妮的護衛工作總不能一直交給愛爾娜包辦，因為愛爾娜也有她自己的任務。這麼一想，琳妃雅就是填補空缺的絕佳人才。

坦白講，我覺得她來當護衛，在性格和能力上都比愛爾娜稱職得多。

「要是我說不跟妳交易呢？」

「那也無妨。我再找其他繼承帝位的人選談同一件事就好。只要提到您曾經推辭，對方自會答應才對。」

「嗯……」

她還具備綜觀全局的能力啊。在這種情況依然冷靜得連眉頭都不皺一下，也是值得稱許的一點。對琳妃雅來說，當下她走的理應是條險路。
此刻我若是拒絕，琳妃雅無疑會陷入困境，其他繼承帝位的人選未必願意開出跟我一樣的條件。琳妃雅斷言對方會答應，不過那只是把話說滿而已。虛張聲勢。即使如此，琳妃雅仍未動搖，更沒有遷就於我，因為她明白自己正在接受考驗。
「瑟帕，你怎麼看？」
「我認為無可挑剔。若能得到她協助，將會是強大的生力軍。只不過，村子的案件非得解決才行。」
「要放上天平衡量嗎……唉，沒辦法，反正我也別無選擇。琳妃雅，我接受妳提出的交易。我幫助妳，妳幫助我。這樣可以嗎？」
「我固然是不介意……請問您為何別無選擇呢？」
「我弟弟是個大好人，贊助我們最多的公爵女兒也是。如果撇開妳，他們倆應該都會生氣，還會為了幫妳而妄動。與其那樣，我還不如從一開始就答應幫妳。」
「……老實說，我感到很意外。您的聲望絕不算良好，無能委靡；光顧玩樂的放蕩皇子；優點全被弟弟吸收的廢渣皇子──民眾都如此評價您。可是，交談過後給人的印象卻正好相反，您既不無能也不委靡。該不會您其實是李奧納多皇子？」
琳妃雅用略顯存疑的眼神看向我。對此我露出了苦笑。

這麼說來，因為問題太過棘手，我都忘了要佯裝無能。這樣的話，更不能放走琳妃雅了。

「妳放心，我就是艾諾特。哎，總之交易談成了。要麻煩妳嘍，琳妃雅。」

「……請您多多指教。」

話說完，我跟琳妃雅牢牢地握了手。

9

事情發生在啟程逐步準備就緒的某一天，我來到了勇爵家屋邸。

至於為何要來勇爵家，是因為我打算以個人身分向對方幫忙藏匿菲妮一事致謝。

「怎麼了嗎，艾諾？你目前不是正忙？」

「我並沒有多忙啦，因為事情都交給李奧了。」

在屋邸入口迎接的愛爾娜一聽我回話，就手扠腰際傻眼似的嘆了氣。

「你又這樣對李奧……把事情都推給他的話，他會忙壞的耶。」

「這部分我懂得拿捏，再說這樣剛好。誰教那傢伙一沒有工作就會自己找事做。」

從以往得到的經驗，我發現預先分幾項工作給李奧才是最佳解。

即使如此，愛爾娜仍一臉不滿。與其說癥結在於我把事情推給李奧，她不滿的應該是我在偷懶。

「明明你這麼說主要都是想讓自己輕鬆。」

「畢竟弟弟就是為了讓哥哥輕鬆而存在的啊。」

我吐舌這麼告訴愛爾娜，她便再次嘆息。

跟平時一樣閒話家常。拌嘴完以後，我直直地望著愛爾娜提出了正題。

「之後妳有空嗎？」

「怎樣？莫非你打算邀我約會？是的話就該多下點工夫——」

「嗯，就是那麼回事。」

原本得意地想要消遣我的愛爾娜僵住了。然後她定著不動，臉越來越紅。

這女的真容易理解。受不了。

「為了答謝勇爵家幫忙藏匿菲妮，我是想邀妳吃頓飯啦。如何？」

「是、是這樣喔！當成答謝對不對！那、那我可以接受！」

「不然妳以為要幹嘛……所以呢？行程有空嗎？」

「我想想喔……有空啊。記得是有個伯爵要來拜訪才對，反正不見面也沒關係。」

還真是個可憐的伯爵。原本以為總算能跟勇爵家的千金見面卻被放鴿子，從對方的立場來想只覺得苦如地獄吧。

「吃頓午餐而已，妳晚上還是跟對方見面吧……」

「由我來決定要見誰、要跟誰一起過。我正好久違地想在帝都逛逛，陪我去。」

「呃，我約妳吃頓午餐而已……」

「你是要答謝我嘛。我去做準備，你等著。」

愛爾娜不聽我說，帶著笑容就往屋邸裡去了。原本想叫住她的我伸出手停在半途，五指開開闔闔，接著深深地嘆了氣。原本我只有規劃吃午餐，這下大概要改成一整天的行程了。

我就這麼枯等了約三十分鐘。女人準備花的時間當然久，等起來並沒有多痛苦。不過以愛爾娜而言難得如此，以往她都滿快就出來了。

「久等嘍。」

愛爾娜說著便碎步跑來。

白色女用襯衫配紅色迷你裙；頭上還戴著小巧的黑帽子，感覺既合適又漂亮，不過她這麼穿應該很醒目吧。

當我抱持這樣的感想時就注意到了一點。愛爾娜的帽子是魔導具。

「妳用來避免招搖的對策是？」

「這頂帽子施了妨礙辨識的魔法，所以我不會被認出是勇爵家的人喲。」

不愧是勇爵家，因應這方面的魔導具都有備妥。

不過就算施了妨礙辨識的魔法，也只能讓旁人認不出她是愛爾娜，醒目倒還是一樣醒目，外表的姣好無從掩飾。要說的話，對此缺乏自覺也算愛爾娜的風格。算啦。

「那我們走吧。妳想去哪裡？」

「我想逛逛懷念的地方，畢竟最近都沒有機會在帝都悠閒遊賞。」

「我不覺得會有多大改變耶。」

我們倆就一邊聊著這些一邊前往帝都。

■■■

「這裡都沒變呢。」

話說完，愛爾娜在大街旁的小巷口停了下來。

由我來看會認為這裡是沒什麼美好回憶的地方，但總覺得愛爾娜一臉歡喜似的往裡面走。

「艾諾，還記得嗎？你就是在這裡被人欺負的吧？」

「對，我記得很清楚。」

大概是七八歲的時候吧。我救了一隻被小孩們欺負的貓讓牠逃走，卻因為沒能力反擊而被四五個人亂踹。當我躺在地上像烏龜一樣忍耐的時候，愛爾娜就不知從哪裡冒了出來。隨後——

「要阻止妳痛揍那群小孩可辛苦了……」

「誰教他們要圍毆一個人，對象還是皇子。」

「我又沒有表明皇子的身分。」

人人都把我當成廢渣皇子看扁，就算這樣民眾也不可能對我動手，頂多奚落幾句。要是我表明皇子的身分，那些小孩就會收手吧。不過，對方也有可能指稱我說謊，何況在我祭出手段以前，愛爾娜就已經到了。

「即使這樣我還是饒不了他們啊，畢竟你都哭了。」

愛爾娜好似想起當時的憤怒而握起拳頭，但是我打斷她。

「喂，等等，妳別竄改記憶。我可沒有哭喔。」

「咦？我記得你有哭耶。」

「『當時』我沒哭。後來被妳打著練劍的名義欺負時，我才哭出來的。」

「什麼叫我欺負你！再說跟我練劍練到哭是什麼意思！」

「因為被妳磨練比較苦，我現在也還想得起來。明明沒有求妳賜教，我卻被迫拿劍讓妳修理了一頓，倒地以後還會被妳逼著站直，站直以後又會被修理。嗯，那果真是在欺負人。」

「我才沒有欺負你！我只是希望你能當個爭氣的皇子啊！基本上，錯在你軟弱無力還要跟人起衝突！我擔心你，才起意教你幾招防身術的耶！」

「原來妳那樣是在傳授防身術啊——原來如此，我懂了。意思就是要我學習怎麼樣才能在妳面前保護好自……唔！」

「不是啦！」

我的側腹部挨了從旁而來的重擊。由於對方運用了能避開肋骨打在內臟上的無謂技術，我落得好一陣子無法呼吸還痛得死去活來的下場。

「受不了你！我難得沉浸在美好回憶裡耶。」

「只有妳才會覺得那是美好回憶……」

等我好不容易能呼吸時，愛爾娜講了這種不可理喻的話，我便回嘴。如果事情能在搭救我以後宣告結束最好，然而扯上愛爾娜這個女人就會有後續。她光是救了我仍不肯罷休，還多事到要求我下次打贏那些小孩。我們小時候盡是出這種狀況。

每次出門，瑟帕八成都會以護衛的身分尾隨在後，但是他不會出現在我面前。我猜是因為他曉得愛爾娜會來。

畢竟我小時候不會用古代魔法，是個不折不扣的無能皇子。

「什麼嘛……聽你這麼說，意思是跟我就沒有愉快的回憶嗎？」

愛爾娜鬧脾氣似的問。她很少這樣，不過我就算違背本心回答她，對事情也沒有助益。

「差不多就是這樣。」

「艾諾～～？我剛才有沒有聽錯～～？」

「我不會屈服於威脅。對妳來說，也一樣沒有多愉快的回憶吧？」

「我覺得很愉快啊！在訓練空檔出去跟你們兄弟玩是我放鬆的方式嘛……我好難過。以前的艾諾明明既乖巧又可愛……」

「別美化我……我從以前就是這副調調。」

愛爾娜擅自把以前的我美化成乖小孩，令人傻眼。或許我以前是比較文靜，但本質並沒有變，我對愛爾娜理應都是有話直說。假如愛爾娜仍覺得我乖巧，應該只代表她以前從來沒有聽我講話。

這女的果真不講道理。然而，有一點讓我無法釋懷。

「欸，愛爾娜，仔細想想，為什麼每次我出門，妳都會來找我？」
「瑟帕告訴我的啊。」
「那個管家……難道他只是嫌護衛工作麻煩嗎……？」
長年以來的謎總算解開了。我明明都是隨興溜出城，愛爾娜卻每次必跟，當時童心仍在的我一直覺得不可思議，沒想到居然有這種內幕。
畢竟愛爾娜從小就強得離譜，有她在身邊的話就用不著護衛了。或許瑟帕是考量到年紀相仿的孩子相處起來才比較寬心，但是能匿蹤的他根本不會讓我們感到介意。看來瑟帕大有可能只是嫌麻煩。
「即使訓練到一半，我只要說是去找你，父親都會讓我去呢。」
「因為勇爵會尊重皇族嘛。」
「對呀，雖然倒不只是因為那樣。」
愛爾娜若有深意地這麼說。平時都直話直說的她會這樣也很稀奇。愛爾娜對偏頭表示不解的我伸出手。
「將來再告訴你原因。總之我們換下一個地方吧！」
「下一個地方……難道妳想照這樣在帝都逛？」
「是啊，當然嘍！」

話說完，愛爾娜滿臉開心地拉起我的手。她十一歲就成為近衛騎士了，還因任務奔走各地。當時父皇也精力充沛地在帝國巡視，即使沒有這一層因素，擔任皇帝的耳目巡視帝國亦屬近衛騎士的職責。

尤其愛爾娜是十二歲就當眾召喚出聖劍的奧姆斯柏格家神童，有時候光是讓愛爾娜待在國境附近即可利於外交。由於有這項考量，愛爾娜一年未必能回帝都一次。

皇帝在騎士狩獵祭曾陷入危機，因此近衛騎士團目前絕大多數皆留守帝都，但他們應該遲早會被分派任務奔往各地。對愛爾娜來說，現在正是逛帝都的機會。

儘管我內心希望吃頓午餐就收場……不過這也是為了答謝她，只好繼續奉陪下去。

「接下來妳要去哪？」

「嗯～～我們邊走邊決定吧！」

「唉，妳很隨便耶。」

說歸說，我們仍逛起了令人懷念的場所。

■■■

愛爾娜和我走訪帝都各處，沉浸於過去的回憶，然後就隨便找了間店打發掉午餐。

原本我是想請她到更正式的地方吃頓飯，她卻因為那樣太費時而拒絕了。

在愛爾娜的觀念裡，逛帝都比較重要吧。

「好啦，我們再多去幾個地方！」

「妳真有精神耶。」

我一邊嘀咕一邊跟在愛爾娜後頭。

後來，愛爾娜到了帝都城郊，打著嬉鬧的名義修理那些調侃她胸部沒料的惡童，還霸占了他們玩耍的廣場；而那些惡童透露前陣子跟我走在一起的女人胸部大多了，這項情報又讓愛爾娜大發雷霆；懷念的店家不見了則讓她顯露出不滿，一路上簡直可說是為所欲為。

於是，在我快要跟得力不從心的時候，有水珠落到我的臉上。

「傷腦筋嘍。」

我嘀咕著仰望天空，原本晴朗的天色突然轉陰了。遠雷隆隆作響，雨已經淅瀝瀝地下了起來。

找個地方躲雨才明智吧。

愛爾娜似乎也明白這一點，她加快腳步正要前往某個地方。我默默地跟了段路，卻隱約有股不好的預感，便決定問清楚要去哪裡。

「我問妳喔，愛爾娜。」

「怎樣？」

「我們現在要去哪裡？」

「旅館啊。以前我們常去吧？」

沒錯，我還記得。玩耍以後回程會順道光顧的旅館。為什麼要順道光顧？因為那是難得在每間房裡都有附浴室的旅館，檔次當然高級，平民大概一輩子都不會去。房裡會設一間浴室，就表示每個房間都備有供應熱水的魔導具。那種魔導具價格實在昂貴，而且每次動用都要消耗魔力，開銷可不低。

然而，愛爾娜從以前就把這樣的高級旅館用於洗澡。理由是前任勇爵亦即她的祖父在那間旅館開幕之際，曾提供大量魔導具，因此愛爾娜光靠臉便能自由出入旅館。

她大概是照童年時那樣想帶我去旅館，不過這就錯得嚴重了。

「喂，愛爾娜，我不是要跟妳鬥嘴，別去比較好。」

「哎呀？莫非你有什麼不方便？」

「沒那種事，但我們還是別去了。」

「真是可疑耶……莫非你跟那群小鬼頭提到的女人已經去過了？」

愛爾娜逼問似的朝我瞇起眼睛。受不了，這女的在這種時候真的少根筋。

我嘆氣，打算告知愛爾娜震撼的真相。可是，愛爾娜搶先撂下不得了的話。

「愛爾娜，妳聽我說……」

「反正我說要去就是要去！騎士絕不食言！」

「……唉。」

我帶著傻眼的臉色深深嘆氣。為什麼這女的動不動就要把騎士頭銜搬出來啊？

「怎樣嘛？」

「算了，妳用看的比較快。」

話說完以後，這次換成我替愛爾娜帶路。於是我們很快就到了要拜訪的旅館。旅館本身固然令人懷念，其外觀卻有了大幅改變，改變最多的地方是招牌。愛爾娜看了便紅著臉說不出話。

「……咦？」

「妳懂了嗎？」

招牌上寫著「愛之旅館」。那指的是供男女同床歡好的高級旅館。由於在帝都只開了寥寥幾家，平民之間大多不曉得有這種場所。

這裡由第二代老闆接掌後就換了經營路線，把高級旅館改裝成愛之旅館。這種做法大有生意，如今已成了在眾多貴族間人氣鼎沸的愛之旅館。

原本設備便一應俱全，貴族要帶情婦或情人過來投宿會是最合適的地方。

「這裡算是只做情侶生意的旅館。假如妳表明身分進去消費，事情可就大了喔。」

旅館本身的口風夠緊，但顧客就不見得了。要是被人看見愛爾娜進去，整座帝都都會鬧到掀過來。畢竟愛爾娜是要繼承勇爵家的女兒，其婚事對國家而言屬於重大節目，恐怕連父皇都會被牽連進去，鬧得不可開交。

所以我對愛爾娜提議換個目的地，她卻冒出了意料外的話。

「走吧，我帶妳去別的地方。」

雖然不想被雨淋濕，但我們總不能捨本逐末。為了躲一時的雨就跑進愛之旅館，到底會造成問題，對方是愛爾娜自然更不用提。我以為愛爾娜應該也會這麼想，就準備折回原路，但——

「不……我、我要進去……」

「啥！」

大概意料外的狀況讓她腦袋糊塗了吧。愛爾娜滿臉通紅地準備進旅館，我連忙制止，並且再次告訴她：

「這裡是愛之旅館耶。」

「無、無、無所謂……騎、騎士絕不食言啊。」

「我會當作沒聽到啦……」

「不、不行！既然我搬出了騎士的頭銜，絕、絕對要進去才行！沒、沒問題！反正不要讓人認出是我就好了！」

的確，愛爾娜只要不被人認出就沒問題。何況我出現在什麼地方，都不會造成多大的話題。

不過，她這種性格實在很麻煩耶。愛爾娜不會對自己打定的念頭改變心意，就算那只是瑣事也一樣。一旦改變心意，往後就會一改再改；一旦打破給自己定的規矩，以往的努力就會失去意義。她似乎是這麼想的。

儘管我認為沒有那種事，愛爾娜本人卻如此堅信，所以我也拿她沒轍。

「我、我們進去！反正只是躲個雨，房、房間要分開喔！」

「妳別傻了，哪有情侶來這種旅館還個別開房的。」

「咦！」

愛爾娜的神情變得相當軟弱。對她來說，跟男人進那種房間是門檻極高的一件事。當然，她應該也曉得我們並沒有要做那種行為，何況對象是近似親人的我。儘管會比跟其他男人進房間像樣，但愛爾娜難免仍要猶豫吧。

不過，對愛爾娜而言，方才講的話相當於騎士宣誓，想必不會改變心意。

雨勢越來越大，我跟愛爾娜的衣服都已經溼了，再拖下去要另找地方避雨會對身體有礙，難保不會染上感冒。我是指自己。

我微微嘆氣，匆匆走進旅館。接著我迅速開了房間，並且牽起愛爾娜的手走上房間所在的二樓。

「我們就在這裡消磨片刻吧。」

我邊說邊看向自己的衣服。在旅館前講話那段期間讓衣物濕透了，大概得先脫下來陰乾才行。

「我說，愛爾娜……」

「別、別看我這邊！」

愛爾娜說著摟住自己的身體掩飾。瞥眼看去，被雨淋濕的衣服已經全變透明了。由於沒有戴護胸，比平時更加缺乏分量的胸脯形狀便烙進我眼底。我轉開目光以免心思被勾走，還開始在房間裡找該有的浴室。可是，我找了以後就立刻後悔了。

「不會吧……」

我看見了，看見有個擺著白色浴缸的空間。從「玻璃隔間」外可以將裡頭一覽無遺的變態浴室。

我連這能不能稱作浴室都不曉得了。難以理解為何要設計成這樣。

「不得已嘍……愛爾娜，我到外面等，妳進去洗澡沒關係。」

話說完，我走向房間外頭。身體大概會冷透吧，但總比兩個人都感冒好。

當我打著這種主意時，衣服就被揪住了。

「沒關係……我先到外面等你洗……因為我是騎士。」

「我怎麼能讓女人做這種事。讓妳一個人在走道上等，表示其他顧客都會看見喔。到時可不知道他們會怎麼嘲笑妳耶。」

被同房的男人趕出門的女人——旁人應該會如此看待她吧。這樣對愛爾娜來說肯定是無法承受的屈辱。

「艾諾，那你還不是一樣……？我沒有暴露身分，可是你暴露身分了。你肯定又會被人看扁……」

「平時就這樣了吧？」

「我才不想害你被人看扁……」

「妳喔……不然要兩個人一起感冒嗎？」

「……其中一邊洗澡時，另一邊別看就好了吧？」

愛爾娜紅著臉對我提出不得了的主意。

「妳……神智清醒嗎？」

「清醒啦！夠了！艾諾，你先進去洗！」
愛爾娜說著就到房間角落，在椅子上坐下。
被她這麼說，我有一陣子動彈不得，但是就這樣任時間經過，愛爾娜肯定也不會進浴室，這樣就會染上感冒。
我只得橫下心拿起毛巾，走進浴室。

■■■

「我洗完嘍。」
「真快耶。」
「這種情況哪能慢慢洗啊。」
我一面回答愛爾娜一面穿好白色浴袍。溼衣服晾起來了，只有這玩意兒能穿。儘管在愛爾娜面前穿浴袍總覺得渾身不對勁，我還是坐到她原本坐的椅子上。
於是後頭傳來衣物窸窸窣窣的聲音。愛爾娜正在脫衣服。我自己在脫的時候不曾放在心上，變成聽的一方就覺得亂緊張。
我視線飄來飄去以便分散心思，就發現床邊有面鏡子。我不小心發現了。

「唔！」

鏡子將正在脫衣服的愛爾娜照得清清楚楚。

褪下白色女用襯衫的愛爾娜把手伸向紅裙，裙子悄悄落地後，她抬起玉腿。上下成套的粉紅色內衣褲屬於鑲荷葉邊的女孩子款式，看在平時認識愛爾娜的人眼裡應該會覺得意外。

或許是被雨水濡濕的關係，內衣褲也緊貼著肌膚，愛爾娜一臉不適地跟著把手伸向內衣褲。

男人特有的好色本能希望繼續看下去，理性卻覺得這實在不太妙，兩者相互衝突。要說到哪裡不妙嘛，被發現的話，我的頭跟身體就要永別了。

當我思索這些時，愛爾娜便脫掉胸罩，露出跟同齡女性相比顯得欠缺發育的上圍。接著她的手指伸向內褲。

此時我才使勁把頭轉到另一邊。

好險……差點就敗給自己的色心而損失慘重。主要是性命方面。

水聲在我靜靜不動時傳來，還聽得見洗身體的聲音，再不情願也會想起剛才看到的畫面，直接引人遐思。

又不是小鬼頭，妄想也該有分寸。

我規勸自己，屏除雜念。然後既像天堂又像地獄的時間結束，愛爾娜走出浴室。

「你可以轉回來了喔……」

愛爾娜小聲說道。

轉頭望去，愛爾娜身上也穿著浴袍。然而，臉紅通通的。她好像設法要故作鎮定，卻承受不住我的目光，躲進被窩裡。

「唔唔唔……」

「既然妳那麼害臊，一開始別進旅館不就好了……」

「還不是因為……」

愛爾娜泫然欲泣，嗓音有別於平時，聽起來很軟弱。這種狀況好像還是對她的內心造成了深刻傷害。

「一旦毀棄了身為騎士所說過的話……以往說的話不就會跟著變輕薄嗎……好比誓言，好比覺悟……」

「不至於吧。起碼我不會那麼認為。」

「是我認為啊……所以我不會毀棄身為騎士說過的話……」

「因為這樣哭出來，我也只能服了妳啦。」

「我才沒哭……」

愛爾娜回話的嗓音含著淚。我傻眼地嘆氣，愛爾娜就莫名其妙地開始遷怒。

「都要怪你啦！誰教你要講那些話刺激我！」

「居然算在我頭上嗎……」

「基本上，你怎麼會曉得這裡變成了愛之旅館！你跟誰來的！是剛才那些小鬼頭說的大胸脯女生嗎！」

「唉……既然妳有力氣遷怒，我看就不要緊了。」

「別敷衍我！」

被愛爾娜逼問的我緘默片刻。剛才愛爾娜在教訓那些惡童之際，耳聞了我跟其他女人在外走動的消息。事情已經被她曉得，硬要隱瞞也沒有益處吧。

如此判斷的我決定把話攤開來講。

「我偶爾會去的娼館裡有許多從小被父母賣掉，只能當娼妓維生的女性。」

「？那跟這件事有什麼關係？」

「我會包下那樣的娼妓一天，用投宿愛之旅館的名義帶她們到外頭走動。小鬼頭們看見的應該就是其中之一。即使是拒絕娼妓上門的店家，有我陪著就可以進去。畢竟沒有人想像得到皇子居然會帶著娼妓出遊吧。」

「你在做那種事情……？」

「娼館能給她們的也就只有娼妓的工作，無可奈何，光是不會挨餓就算像樣的了。可是，她們也會想到外頭自由走動，會想去各種不同的店家，會想到處遊玩，所以我才帶她們出場。雖然我不認為能改變什麼，行偽善之舉還是強過不行善。」

來到愛之旅館的那些娼妓會表示願意跟我發生關係，但是我不曾接受。因為那樣做的話，她們會覺得那才是我的目的。

既然自許偽善者就該偽善到最後，這樣才合乎情理。

「……你明明可以多讓人了解你在做什麼啊。」

「讓人了解的話就會受到攔阻。皇族跑去城裡尋常無奇的娼館玩樂這種事，被曉得可會鬧大的。何況要是被要求尋花問柳就該找高級娼妓，我聽了也會不爽。」

「可是……這樣只會讓你的名聲下跌耶。假如外界認為你在玩女人……」

「無妨啦，隨便。這麼做一樣是在玩女人，何況我也不是沒有玩過女人。」

我並沒有潔癖心理。正因為已經弄髒了，再髒也無所謂。我的名聲早就低落到不能再低。

「艾諾……你不覺得難受嗎？」

「孤單的話或許會啦，可是，我並不孤單，還是有人願意認同我。妳也是吧？」

「……你這樣講話很詐耶……」

愛爾娜用幾乎聽不見的音量嘀咕。她的語氣聽起來有些鬧彆扭，這應該不是心理作用吧。

後來我們一邊聊著無關緊要的話題一邊等衣服乾。久違地跟愛爾娜悠閒談笑的時光愉快得令我訝異。

10

艾諾和李奧以大使身分從帝都啟程之日。由於是正式出使，皇帝將親口告諭，並且讓兩人在森嚴護衛下前往港口。

而兄弟倆有一項隱憂，那就是他們出發後，留下來的人員是否能平安度過難關。

「之後的事就麻煩妳了，瑪麗。」

「是。請包在我身上。」

艾諾已於事前錄用了琳妃雅這名新的人才，還派她與寄予絕對信賴的瑟帕一同輔佐菲妮。相對地，李奧則是決定將自己的派系勢力交給擔任自身女僕又兼任祕書職責的瑪麗掌管。

「我們不在的期間，其他派系想必會發動攻擊，希望妳能與菲妮小姐合力克服。」
「我這邊不要緊，李奧納多大人的親信形同全員留守，又有菲妮大人擔任派系的旗號。我比較擔心的是李奧納多大人。」
被瑪麗擔憂的李奧露出苦笑，因為他聽出了瑪麗的弦外之音。
「妳想說我身邊人手空虛？」
「若要向您直言，正是如此。有愛爾娜大人在，因此護衛方面是不用擔心，但除此以外的部分恐有人才短缺之虞。」
「不要緊啦，有我哥在啊。」
「那是我最擔心的地方。」
瑪麗斷然表示，不留情的程度讓李奧為之苦笑。瑪麗講起重話面色不改，語氣也不改。假如對方不是艾諾，她這樣就算挨罵也不奇怪吧，然而，艾諾不會對她發脾氣。對此瑪麗更覺得心煩。志在稱帝的李奧上有兄長，當哥哥的若被瞧不起，也就等於李奧被人看輕。既然如此，起碼要有生氣的反應才能避免兄弟倆一同遭到小覷。瑪麗是這麼認為的。
可是，李奧卻開導似的告訴瑪麗：
「聽好嘍，瑪麗。雖然妳應該不曉得，我哥可是非常有能耐的人。」

「李奧納多大人，您將艾諾特大人美化過頭了。縱使兩位有過什麼樣的兒時回憶，也無法銜接至當下。」

「沒那回事，妳遲早也會懂的。儘管人人都稱我哥為廢渣皇子……不過才沒有那種事呢。大多數的事情，我只要努力就能辦到，這並非自滿。可是，我哥就不一樣了……只要他有意願，大多數的事情就算不努力也能辦到。所以妳不需要擔心，我身邊有哥這樣的能人在。」

瑪麗看李奧毫不猶豫地如此道來，表情便蒙上一絲陰影。假如李奧的說詞正確，如此優秀的哥哥遲早會成為李奧的障礙。還有，若是李奧太過高估艾諾，那也難保不會成為他人趁虛而入的破綻。

不過，瑪麗封藏了這些想法，因為她在決定侍奉李奧時就已經發誓要扶持他。無論是什麼樣的路，若李奧決定要走，瑪麗便會協助。

「李奧納多大人，既然您如此闡明，我就不再多言了。望您武運昌隆。」

「嗯。抱歉，盡讓妳擔起苦差事，我一定會履行職責。」

經過這段對話以後，李奧坐上馬車。

帝國使節團就這樣從帝都出發了，目的地是大陸南部。

有兩國針鋒相對的紛亂地帶。

第二章　前往異國

Episode 2

1

有種說法將弗凱洛大陸形容成展翼的鳥。

左右幅員遼闊的板塊以及上下略顯突出的大地，看起來倒也像是翅膀與頭尾。而在弗凱洛大陸中央，將軀幹部位納為領土的便屬我們亞德勒夏帝國。我跟李奧這一趟則是被派往鳥尾巴的部位。

地處大陸南端的該國名為隆狄涅公國，位於鳥尾巴的兩國之一。

「於南部戰國時代奪勝的雙雄之一……」

我正在船上讀此行要前往的國家史料。由全權大使李奧率領的帝國使節船團以兩艘船隻組成，各自載著要送給隆狄涅的伴手禮。姑且有安排李奧搭其中一艘，我搭另一艘，萬一發生事故時才好因應。這附近的海洋氣象還算平穩，並無可能生變就是了。

我搭的船上就只有一個人抖得厲害。

「這種平穩的海面都讓妳發抖，往後可去不了其他海域喔。」

「我、我不去沒關係啦……」

在床上蓋著棉被發抖的人是愛爾娜。為什麼她會窩在這裡，又為什麼會發抖呢？說明起來倒沒有多長。

指派近衛騎士來護衛全權大使純屬慣例，皇兄皇姊們就挑了愛爾娜。他們八成是想盡可能將協助我方的人調離帝都吧。我對這點小手段早有預料，還在菲妮身邊留了琳妃雅以備不測，應該沒問題才對。

將能夠使用聖劍的勇爵家之人派往國外事關重大，不過這麼做也有利於展現帝國對本次親善之行的重視程度。

結果，父皇也接納了三名皇兄皇姊的舉薦。想必父皇本身同樣考慮過這一手吧。

順帶一提，之所以事關重大，是因為能使用聖劍的勇爵家之人在帝國最高戰力當中占有一席，派出的話其他國家便無手段可以防阻。這是勇爵家之人被派赴的國家會面臨的問題。至於勇爵家這一邊，則有未經皇帝許可就不能在國外動用聖劍的問題。初代勇爵為了防止家中後代背叛出奔他國，才設了這層保障。對此知情的人並不算多，因為勇爵家之人遠赴外邦本來就是一件稀奇事。

「我要詛咒他們……！我恨死他們了……！我絕對不會饒過那三個人……！」

「瑟瑟發抖的妳講這種話也沒有說服力啦。」

然後，再提到這女的為什麼在發抖，當然就是因為她怕海。

愛爾娜屬於洗澡不要緊，卻對河川或海百般畏懼的那種人。算是恐水症吧。這對於近乎完美的愛爾娜來說，堪稱唯一弱點。精確而言，應該算不服輸的愛爾娜未能克服的弱點。

看到海就會有發自不安的噁心感，還會出現目眩及過度換氣的症狀，就算搭了船也會因為異常恐懼而身體抖個不停。這樣要是讓她離開船艙到外頭見識汪洋大海，八成會驚嚇到昏厥。

「不過，真虧妳能隱瞞到現在耶，我還以為早就穿幫了。」

「持、持有聖劍的勇爵家之人很少需要出國嘛……再說帝國的版圖以陸地居多，我早知道這一點，才會在十二歲時拚了命地學會召喚聖劍……因為我不想搭船……」

愛爾娜流出一絲絲眼淚。因為這種無聊理由而將聖劍召喚出來的人，愛爾娜應該是頭一個。何況她的努力還付諸流水，更令人發噱。

「你、你剛才笑我對不對……！青梅竹馬在害怕還取笑，很過分耶……！」

「想起妳得到恐水症的經過都會笑吧。尤其是我。」

「艾、艾諾，你也有一部分責任喔……！誰教我後來會變得怕水，就是因為看到你溺水……！」

如愛爾娜所說，那是在八歲左右的時候。我跟她曾經一起洗澡。當時，我好像講了什麼不中聽的話，就慘遭愛爾娜出拳打在身上。後來我直接昏了過去，還沉進浴池裡，差點因為這樣而溺死。

然後這女的不知道吃錯了什麼藥，似乎是目睹我那樣的慘狀便覺得水很恐怖，從此就有了恐水症。荒謬無比的理由。再殘暴的君王也不會像她這麼不講道理吧。

「妳是自作自受啊，再說那次得到恐水症的人就算是我也不奇怪。這叫作天譴啦，天譴。」

「嗚嗚嗚……你太無情了……」

從未如此軟弱的愛爾娜幾乎要哭了出來。

受不了她，既然這麼怕，把任務推辭掉就好啦，何必跟著來。

「告訴父皇的話，我想他是會替妳考量的喔。」

「繼、繼承勇爵家的女兒居然怕海，傳出去不就成了醜聞……！再、再說承認自己怕海，感覺就輸了嘛……」

「妳是在跟誰分輸贏啊……」

當我感到傻眼時，船搖晃了一下。

那並不算搖得多大，愛爾娜卻好像認為是天搖地動。
「呀啊啊啊啊！好痛！」
她在小小的床上打滾，結果撞到頭縮成一團。
那模樣在陸地是絕對見識不到的，感覺很新鮮，因此我心情大好。
「妳在水上真是沒用耶。假如我們這時候遇到海盜襲擊，可就沒戲唱了。」
「別、別瞧不起我……！有必要動武的話，我還是……！呀啊啊啊！剛才搖晃很嚴重耶！莫非船底開了洞！」
「即使有必要動武，妳還是幫不上忙吧。船底哪有可能開洞啊。如果有海龍出現，那倒是另當別論。」
在海上最恐怖的是海之王者，海龍。
那是適應了海洋環境的龍，本就屬於頂級怪物的龍會在海上作亂，駭人程度更勝於陸地。船被搞沉而葬身海中的水手不計其數。
還發生過兩國進行海戰，艦隊卻被海龍一塊搞沉的慘事。當然，愛爾娜應該也知道這段可怕的事蹟。
我一談到海龍，愛爾娜頓時露出了萬念俱灰的表情。
「我……會死在這裡嗎……？」

「怎麼可能會死啊，傻子。妳都變了個人耶。以近衛騎士來說，這樣像樣嗎？有礙任務執行就不能接下差事吧。」

「還不是因為……」

「唉……」

我並非無法理解愛爾娜不想示弱的心理。何況我們並沒有要在海上戰鬥，更不會有海盜特地來襲擊護衛森嚴的使節船。

只要回陸地，愛爾娜應該就會恢復原樣，我看欺負她還是要點到為止。

替平時出了口氣的我爽快過後，就瞞著愛爾娜設下與外部隔絕的結界。這樣搖晃應該會減緩一點。平常我實在不方便用魔法，反正現在的愛爾娜也察覺不到這些，無妨。

「搖、搖晃好像稍微平息了耶……」

「船本來就沒有搖晃得多厲害啊。」

「是、是你太遲鈍了啦，艾諾……你都不會去想假如船沉了要怎麼辦嗎？」

「帝國的使節船沉沒，在漫長歷史中只發生過兩次喔。」

「可是，又沒有保證今天就不會發生第三次嘛……」

有別於平時，愛爾娜的負面思考實在麻煩。為什麼我講來安撫人心的情報，她聽了會害怕？

講什麼都沒有用了吧。隨她去害怕算啦。

當我這麼想時，有收斂的敲門聲傳來。

愛爾娜對這陣敲門聲敏感地起了反應。由於她的狀態無法應門，我只好代為回應。

於是有個擔任愛爾娜部下的壯年騎士進了房間。

「請進。」

「打擾了……請問，隊長呢？」

「我、我還活著……」

「您能到甲板上嗎？」

「你是想叫我去死嗎……？被風颳走就等著溺死了嘛……！」

「在妳的觀點，外頭是有暴風雨還什麼來著嗎？今天是晴天耶。真受不了……你們隊長的狀況正如你所見。」

我傻眼地看向愛爾娜的部下，就發現對方也在苦笑。直屬部下似乎還是知情，畢竟要瞞也瞞不住。

「那麼，請容我做個報告。阿爾巴特羅公國的船相邀會談。我們和李奧納多皇子的船姑且都已經下錨了，請問要如何應對？」

「阿爾巴特羅公國嗎？原來我們已經進入該國的海域啦。」

阿爾巴特羅公國是隆狄涅公國的鄰國，屬於海洋國家，更是廣開海上貿易的國度。過去帝國與他國交戰時，阿爾巴特羅曾經援助該國，因此與帝國就變得疏遠了。

竟然在這個時間點要求會談，大概是不想讓我方船團去隆狄涅吧。聲稱會談，實則為臨檢。

「全、全體騎士進船艙待命……刺激對方是不妥的……」

「我贊成。李奧怎麼說？」

「這……李奧納多皇子似乎也身體不適……所以我才打算請教隊長的意見。」

「唉……不得已嘍。由我假裝李奧來應對。」

話說完，我便離開房間。旁邊有李奧搭乘的船。只要打出信號表示答應跟對方直接進行會談，阿爾巴特羅公國就會派人上船吧。

照理講對方實在不可能將帝國的使節船徹查一遍，應該不成問題。

動身到隔壁船隻的我前往李奧的房間。

臉色有些蒼白的李奧就在那裡。他這張臉到底是無法應付會談。

李奧穿的衣服與我同款，黑襯衫搭配鮮豔的藍色外套，帝國的大使裝束。本來只有大使會穿這套服裝，但這次身為輔佐官的我也穿在身上，代表我的地位屬於準大使。

起初我曾嫌麻煩，多虧如此，現在要裝成李奧可就容易了。

「嗨，聽說你身體不適？暈船嗎？」
「嗯……好像是……」
「你又不是愛爾娜，振作點啦。」
「抱歉……」
「我現在要裝成你，你到隔壁船上隨意休息吧。」
「可是……」
「反正你去就是了。幫我交代下去，就說艾諾特皇子身體不舒服。」
「殿下，但是這麼做的話，您的名聲又會……」
「沒關係啦。事到如今也不會再變了。」
我對愛爾娜的部下吩咐過後，便將李奧移到隔壁船上。當然，在眾人面前都是讓他用艾諾特皇子的身分。
留下來的我整理好頭髮與服裝，並且帶著堅毅的神色離開房間。
「我接受對方提出的會談，麻煩你們去準備。」
「是。」
我和李奧就這樣在海上交換了身分。

2

接近而來的阿爾巴特羅公國船隻是軍用戰船，為數三艘。

可藉魔力發射砲彈的魔導砲帆船，以當代軍船而言屬最新款。假如是登船短兵相接也就罷了，倘若被對方拉開距離，我方應該就束手無策了。

「對方果真沒有發動攻擊。」

「畢竟動手的話，就要與我國交戰啊。」

「運送辛苦了。他們倆在那邊狀況如何？」

「東倒西歪，上場比賽會立刻被裁判喊停呢。」

將李奧送過去的壯年騎士回到了我身邊，因為只有他曉得我跟李奧交換身分，有這名騎士在旁邊可以幫助我。

「那麼，代打上陣的我算失格嗎？」

「沒穿幫就不要緊啊。沒穿幫的話。」

他這麼向我回話。

靈活得感覺不像愛爾娜的部下。坦白講，我都想收他當部下了。

「是嗎？那我就演到底嘍。」
「我與您一道赴會。」
話說完，我和騎士便前往迎接阿爾巴特羅的船隻。

■■■

「感謝您答應會談，大使閣下。」
如此致謝並登上我方船隻的人是個髮色較淡的褐髮少女。肩頭剪齊的秀髮隨風微微飄逸。
年紀大約十四五歲吧，綠眼睛正好奇似的窺探著我。
我沒想到出面的人看起來會比自己年輕，因而吃了一驚。
少女或許是看出了我的心思，便立刻低頭致意。
「有失遠迎，還請恕罪。我是伊娃潔莉娜·迪·阿爾巴特羅，來自阿爾巴特羅公國的公女。由於名字太長，請叫我伊娃就好。」
「姊、姊姊等我啦～～……」
「還有這個慢吞吞的男孩是朱利歐·迪·阿爾巴特羅，我的弟弟。」

話說完才現身的朱利歐長得就像跟伊娃一個模子刻出來的。並非伊娃偏男性化，而是朱利歐偏女性化。姊弟倆站在一塊見人，即使說是姊妹也能讓我信服。

伊娃是個清秀的少女，從她眼裡卻能感受到強烈意志。另一方面，朱利歐顯得柔弱而畏畏縮縮。要提到哪一邊像女的就失禮了，不過朱利歐是比較有女孩樣。沒想到阿爾巴特羅的公子與公女會是雙胞胎，而且他們主動登上我方的船，不知道有何狀況。

幸好沒有讓身體狀況不好的李奧硬參加會談──我一面如此心想，一面以李奧的風格優雅地行了禮。

「我名叫李奧納多．雷克思．阿德勒，來自帝國的第八皇子。在這次奉命擔任出訪隆狄涅公國的全權大使，目前正於前往交流的船程上。有幸目睹阿爾巴特羅公國的公女殿下與公子殿下，以及名聲遠播的海洋國家阿爾巴特羅公國的軍船，實屬光榮。」

船團出發之前，帝國早已告知阿爾巴特羅會以全權大使的名義派李奧出訪隆狄涅一事。當然，對方應該也都知情。

所以他們的目的並非攔阻。想攔阻的話，大可事先禁止帝國通過阿爾巴特羅公國的海域。假如專程發了通行的許可，卻在船團進入海域的瞬間反悔，阿爾巴特羅在各國間將失去信用。

因此，伊娃和朱利歐會來是有別的目的才對。

「李奧納多皇子，我也聽過您的名聲。帝國東部發生海嘯之際，據說您率領了眾多騎士展開突擊。不愧是帝國的皇子，兼具勇猛與領軍之才呢。」

「沒那回事，全是靠騎士們奮勇作戰。何況兩位不是也有領軍之才？公國的兩位殿下會搭乘軍船過來，並非專程為了與我見面吧？」

我的回覆讓伊娃眼神變銳利，而朱利歐露出了詫異的臉色。

他們果然有其他目的。

對方並沒有要向我們採取行動，出航另有所圖，而我方的船團應該是碰巧經過。問題在於公女與公子出面的目的是什麼。從姊弟倆的舉止，看不出在戰鬥方面有長才。伊娃似乎稍有心得，但是朱利歐完全沒有那種氣勢，他拿起劍恐怕還不如我。伊娃為什麼會帶這樣的弟弟過來啊？

我打算開口刺探，結果伊娃立刻揭曉答案。

「你臉上透露太多了啦！笨！真是……」

「對、對不起，姊姊……」

「唉……李奧納多殿下，事已至此，請容我直說。希望您能改換航路。我們並不會阻止您去隆狄涅，但是要麻煩貴國的船團盡可能迂迴而行。」

「能否讓我請教理由？」

「……恕難奉告。因為我並不信任您以及帝國。」

「原來如此。」

竟然能如此坦白地講出自己無法信任帝國，這位公女可真是好膽識。和帝國相比，阿爾巴特羅公國屬於弱國。由於其海上貿易興盛，攻打的話將會與其他國家為敵，帝國便不出手，但是如果要打，帝國有足夠的力量將公國的國土踏平。

對此阿爾巴特羅公國應該也有自知之明，對方卻還是這麼說，可見當中有被人知道會造成困擾的問題。我環顧周圍，接著便告訴他們：

「變更航路。我們繞開原定路線再進入隆狄涅的領海。」

「殿、殿下！這樣花費的時日會比預期還要久！」

「無所謂。反正糧食和水都綽綽有餘，就算我們晚點到，隆狄涅也會包涵。」

「可是！」

「我已經決定了。這樣可以嗎，伊娃殿下？」

看到伊娃愣住的模樣，我在內心竊笑。

原來如此。學李奧的行事風格就會得到這種反應。難不成李奧就是想看這種呆愣的表情，才會如此相待？

伊娃的反應便是這麼有趣。

「……不愧是有意爭奪帝位的人物，度量寬大呢。感謝您明智的判斷，李奧納多殿下。」

「感、感謝您。」

「那麼，我們就此失陪。」

「失、失陪了。」

說完，伊娃和朱利歐了卻差事，便回到他們的船上。

我方的船團也隨之準備啟程。可以的話，我希望盡快卸下假裝李奧的演技，但對方仍睜亮了眼在觀察我方是否真的有改換航路，因此我不能有可疑的舉動。結果，我跟李奧就被迫在互換身分的情況下讓船出發了。

哎，這倒不成問題。待在船艙裡就不會醒目，何況坦白說在抵達陸地前，我跟李奧都沒有工作要忙。問題在於阿爾巴特羅的目的。

「不知有何緣故呢。」

「不知道緣故啊。」

面對壯年騎士的疑問，我也歪頭表示不解。

老實說我毫無頭緒。特地出動三艘軍船，公女和公子卻在船上。若要交戰就用不著公女和公子，不交戰的話出動三艘軍船就顯得武力過剩。

將這些考慮進去，能想到的頂多就是威力搜索。假如那兩人有適於搜索的能力還算可以理解。然而，要搜索哪裡？

那裡是阿爾巴特羅公國的海域，也沒聽說過有大規模的海盜團。

當我思索片刻以後，船就忽然大幅搖晃。

「什麼狀況！」

「報告！有暴風雨！」

「什麼！」

怎麼可能有這種蠢事。明明剛才還是晴天，竟突然颳起暴風雨。

我如此心想，一面趕到甲板上，便發現有強風與大浪正在侵襲我們的船。往旁看去，還有更棘手的狀況發生。

「船長！我們和哥的船分開了！」

「請您見諒！光是要避免讓李奧納多殿下這艘船翻覆，我就忙不過來了！要追過去是辦不到的！」

「不能設法嗎！」

「我無能為力！這並不是自然產生的暴風雨！毫無徵兆就出現了！肯定與海棲怪物有關！」

聽船長如此大喊，我想起自己對愛爾娜講過的話。

我跟愛爾娜聊到了海龍。常聽人說，海龍是會突然颳起暴風雨把船弄沉的。現在的情況正是如此，還有剛才阿爾巴特羅公國的態度可佐證，公女和公子率領了三艘之多的軍船。

而且對方叫我們變更航路。假如阿爾巴特羅公國就是得知有海龍接近自國海域，才過來調查的呢？

這件事不可能透露給我方曉得。阿爾巴特羅公國是靠海上貿易立足於世，然而只要聽說有海龍，任何國家的水手都不會出船到阿爾巴特羅公國。講明了就等於自取滅亡。

思考到這裡，我立刻施展探測魔法。要調查的是暴風雨有多大規模。

狂風吹到了哪一塊海域？當我著手調查時，忍不住咂了嘴。暴風雨範圍廣大，而我們位於邊緣。換句話說，異象發生的地點並不在這裡。

暴風雨中心恐怕位在阿爾巴特羅公國的海域。更棘手的是，我們的船隻越漂越靠近風雨發生的地點。

這樣下去，最糟的狀況就是被迫在海上與海龍交手。那我可不幹。

「船長！設法脫離這場暴風雨！」

「我正在做！」

仍裝成李奧的我就這麼被暴風雨捲入其中。

3

「船長，我們目前在哪一帶？」

我裝成李奧，向船長詢問船隻所在處。暴風雨勉強算是平息了，我們被捲入風雨以後卻跟李奧搭的船分散，還耽擱了相當可觀的時間，太陽已經開始西沉。

暴風雨的規模強得翻船也不足為奇，然而這艘是帝國的使節船，載的則是在帝國海軍飽經歷鍊的軍人們，大伙想方設法度過了難關。

「恐怕是在阿爾巴特羅公國的海域。雖然船免於翻覆，卻漂流了好一大段距離。不對，說是被海流拖著走或許會比漂離更正確。那陣暴風雨明顯有古怪。」

「既然這樣，果真跟怪物有關？」

「是的，我想不會錯。我家從祖父那一代就是跑船人，而剛才的風雨和傳聞中海龍帶來的暴風雨十分相像。」

「海龍帶來的暴風雨……那是什麼樣的現象？」

「如字面所示，就是海龍掀起的暴風雨，而且牠會把船逐漸拖向自己。即使克服了暴風雨，仍有海龍等著被拖去的船隻。跑船人光聽相關事蹟就會怕，畢竟海龍在海棲怪物當中可是頭號禍害，見到牠的身影就等於沒命了。」

嗯，船長所述的暴風雨和剛才那陣風雨，特徵是一致的。可以藉此認定海龍就在這片海域嗎？

倘若如此，問題就大啦。龍基本上是反覆切換活動期與休眠期的怪物，而休眠期在週期所占的時間要長得多，據報也有休眠長達百年的龍。長期休眠，短期活動。龍正是這樣的生物，海龍亦不脫此限。

雖然要調查紀錄才能夠確定，但這表示附近一帶有海龍從休眠期進入活動期了吧。問題在於阿爾巴特羅公國的海洋貿易興盛。公國目前跟帝國保持距離，與他國卻還是有廣泛的貿易。假如海龍出現在這片海域，不知道會造成多大損失。

阿爾巴特羅公國就是心裡有數，才會當成機密來調查吧。不過從這些跡象來看，龍似乎真的被惹怒了。暴風雨發生的原因恐怕是伊娃他們。風雨那般猛烈，我看他們應該都性命不保嘍。真可憐。

「是嗎……那我們久留無益，哥那邊也讓人擔心，立刻將航路調往隆狄涅。」

「喂！你、你們看那邊！」

當我準備下指示時，有個船員出聲大叫。

我帶著不祥的預感望去，正如所料，有船的殘骸漂來。

「公國的船嗎……」

「八成沒錯。對方應該跟我們一樣被捲入暴風雨了吧。」

「令人遺憾……」

我想讓話題就此結束，身旁的壯年騎士便對我低聲嘀咕：

「殿下……李奧納多皇子肯定會命人搜救生還者……！」

「我們沒有那種時間。海龍或許就在這裡耶，只有盡快脫離才是上策吧……？」

「這我明白，但您非得展現出李奧納多皇子的風範才行。代表國家的全權大使雖是雙胞胎，身分互換一事要是敗露，後果非同小可……！」

「我知道，可是剛才的暴風雨也讓船員受了動搖，他們才不會從我身上發現有哪裡不對勁啦……！」

「正因為大伙受了動搖，您不表現得像李奧納多皇子才堪憂啊。要是身分互換一事在此時穿幫，會加劇眾人心中的動搖。恐怕連緘口令都不管用，到時候可不知道隆狄涅那邊會怎麼說……」

壯年騎士的意見合情合理。是啊，合情合理。然而要展現出李奧的風範，就得採取我最不想做的行動。當下派人進行海難救援全無益處。阿爾巴特羅公國本來就不是我們的同盟國，更算不上友邦。為了這樣的國家，竟要在或許有海龍出沒於附近的海域出手救援，太荒謬了。

我們並不清閒。天數已經有所耽擱，在這裡出手救援的話，抵達隆狄涅的日子將會大幅延誤。李奧先抵達也沒有意義，畢竟他現在的身分是艾諾特，艾諾特是無能皇子，若擅自跟隆狄涅進行交誼會招來猜疑。我還是希望盡快趕去隆狄涅。就算有愛爾娜陪在身邊，李奧能否把我扮演好仍令人擔心。

更何況出手救援後，要是生還者為數眾多，我們就非得行經阿爾巴特羅公國。這是最麻煩的一點。想掩蓋的祕密既已被帝國皇子得知，阿爾巴特羅公國豈會輕易放人？換成我，肯定要把人留到問題解決為止。這樣的話，我和李奧互換身分的狀態就會拖長，到底行不通。

「恐怕無望尋獲生還者，我們盡快離——」

「您看！有人抓著船的殘塊！對方還活著！」

「……」

「請問殿下該如何處置？您要棄之不顧嗎？」

內心早有答案的壯年騎士朝我問道。走到這一步已經避無可避，只能救人了。為何眼前的問題會接連而來！我受夠了！

若有神存在，我就要詛咒上天！

「放下繩索！立刻動手救人！對周圍保持警戒，還要留意是否有其他人生還！」

我模仿李奧下指示，心裡蒙上了漆黑的陰霾。

真想立刻揭露自己是艾諾特，然後開溜。不是因為我在害怕。海龍來的話，應戰就行了。然而，那樣會讓事態變得非常麻煩，局面恐怕會混亂到憑我一個人無法擺平的地步，非得避免才行。

可是為人良善的李奧納多不會允許我開溜。

「生還者救上船了！對方表示還有其他人生還！」

聽了船員前來報告的話，我的意識差點不自覺地遠去。

生還者眾多，代表我們留在這片海域的時間將會拖長，而且還得保留船上的空間載那些人。除此之外，更需要估算消耗的糧食與水。

「阿爾巴特羅公國是瘟神嗎……！」

「請您慎言……！」

「我怎麼忍得住這口氣……！唉，真是夠了……！狀況一團糟……！」

「委屈殿下了。這樣李奧納多皇子的品德之高潔就能廣為流傳。隆狄涅若得知我們在危險的處境中救人，只會對李奧納多皇子讚譽有加，並不會貶抑才是。」
「隆狄涅和阿爾巴特羅可是水火不容喔，他們長久以來都在爭奪南部的霸權。出手幫助與其對立的國家，能得到讚揚嗎……？」
「南部之爭與帝國並無關係，何況我們是泱泱大國，行事只要光明磊落就可以了。如果這麼說能讓殿下信服，還請您當機立斷。」
受壯年騎士催促，我深深嘆息，並且下定決心抬起臉，然後又垂著臉嘆了氣。
唉，煩死了。就沒有撐得過這一關又不會損及李奧名聲的法子嗎？
不，我想沒有。李奧肯定會救人，哪怕得捨棄一切也會救。
假如他是把利益擺第一的人，不用我幫忙就已經稱帝了。
幫這種人固然值得，我現在卻恨他的良善性格與名聲之好。
「船長，我們要救助生還者。」
「您是認真的嗎！海龍或許就在這裡啊！在救援行動中遭受攻擊的話，我們根本就招架不住，而且怪物遲早會朝屍體聚集過來！海龍以外的怪物也會構成威脅。」
「暴風雨已去，海龍應該也滿意了。何況普通的怪物並不會靠近有強大怪物之處。對方是海龍，我想兩三天之內用不著擔心其他怪物。」
「殿下，但是太陽已經下山了！在黑暗中進行救援很危險！用光來搜救說不定會招來海龍！」

「即使如此，救援行動還是要盡可能繼續。我希望藉由生還者們提供的情資來決定航路。很抱歉，船長，這是以全權大使身分下的命令。我們要用盡手段救援阿爾巴特羅公國的生還者，一個生還者都不能錯過。」

「……我已有聽聞，您真是個不折不扣的大好人。身為被帝國託付這艘船的船長，我難以認同這樣的做法，不過您下了命令只得遵從。讓大伙展開救援吧。」

船長認命似的對我妥協。心情可以理解。我也贊同你的想法，做這種事太過荒謬。然而，李奧就是這樣。

有什麼辦法呢？所以希望你別用那種怨恨的眼神看我。

我們在前往隆狄涅的航途當中，就這樣莫名其妙地停留於或許有海龍出沒的海域，展開了愚昧至極的救援行動。

4

「所有人聽著……活下去……都要活下去……」

朱利歐緊抓軍船備有的小艇，這麼喊著。同樣的話他已經講過好幾次，使得喉嚨開始沙啞了。即使如此，朱利歐仍繼續出聲，因為他相信這是自己的職責。

而朱利歐周圍有幾十名船員。小艇上優先載著傷患，周圍的人有的緊抓小艇，有的緊抓殘塊。

「殿、殿下……請您也坐上小艇……」

「沒關係……我還不要緊……」

朱利歐說是這麼說，卻已經毫無餘裕了。船早就全毀，從所有人被拋到海裡已經過了十小時以上。儘管克服了因恐懼與海水寒冷而發抖的地獄夜晚，至今仍不見救兵。沒有人料到事情會變成這樣。

伊娃和朱利歐得知海龍或許復活了，便動身前往調查。派出多達三艘的軍船護衛是為了提防。沒有任何人小覷海龍，只是竭盡所能依舊提防不了。

姊弟倆被父親交代，只要確認海龍有沒有復活就好。至於為什麼會選中他們兩人，則是因為這對姊弟天生就懂得使用操控聲音的魔法。藉此探查海中動靜，對姊弟倆來說不費吹灰之力。

若要提到錯估之處，就是海龍聽見聲音便過來了。他們不慎觸怒了海龍。海龍掀起暴風雨，所有船隻皆在那場暴風雨中嚴重損毀。所幸海龍在船毀時就收手離去，但是那並沒有讓他們獲得任何救贖。

「唔哇啊啊啊！有怪物！剛才海面下有怪物的蹤影！」

「冷靜點！那只是魚而已！」

活下來的船員正在跟多種恐懼搏鬥。

對死亡的恐懼；救兵會不會就這樣無從指望的恐懼；海水會不會就這樣讓人冷死的恐懼；還有海棲怪物是不是遲早會來吃掉自己的恐懼。種種憂懼累積在一起，讓朱利歐與其他生還者已心力交瘁。即使如此，朱利歐還是扯開嗓門。

「救兵必定會來……！大家要想著家人……！這裡的所有人，都要活下去……！」

開口的朱利歐始終在為生還者打氣，他那些話也是在告訴自己。然而，平時朱利歐不會做這種事。不，他辦不到。

因為他的性子就是不敢主張自我，縱使貴為公子也不敢逞威風。

而平時都是伊娃在引領朱利歐。可是，伊娃目前躺在小艇上。

被拋到海中時，她挺身保護朱利歐而重重地撞在海面，就失去了意識。

從那之後，朱利歐始終表現得像伊娃一樣毅然。因為他深刻體認到自己也要為了眼前的姊姊活下去。

事態緊急時所萌生的責任感，讓朱利歐有了公子風範。

話雖如此，無論朱利歐再怎麼鼓舞眾人，依舊是緩不濟急。

「救兵……根本不可能來啊……就算趁夜啟航，趕到這裡也要一天以上耶……」

有一名船員說了洩氣話。那是在場所有人都有的念頭。

阿爾巴特羅的搜救船恐怕來不及趕到。然而，朱利歐仍懷著希望。

「從暴風雨的規模來想，即使帝國的船被捲入其中也不奇怪……李奧納多皇子肯定會來救我們……」

「帝國會救我們……？過去我們都在協助與帝國發生戰爭的國家耶……當那些人流著血作戰時，我們的國家一直在發戰爭財……對方不可能來這種危險的海域搜救生還者的啦……」

「風傳李奧納多皇子為人敦厚良善，絕不會棄有難者於不顧……沒事的！他一定會來救我們！」

「這種狀況明明連同盟國都會放棄援救，他願意來救我們嗎……」

「是我就會在風雨過後揮別這裡……我可不想在海龍出沒的地方多待。」

「你們……」

所有人都近乎灰心了，而朱利歐也一樣。他想看著伊娃設法提振意志，體力及氣力卻早就瀕臨極限。

在體力這方面，朱利歐本就遠遜於其他船員。感覺會最快支持不住的正是朱利歐。即使如此，朱利歐光憑氣力還是撐了過來。可是他的那種氣力，正隨著意志消沉的旁人而逐漸萎縮。

或許已經沒救了。當這種念頭浮現腦海時。

遠方可以看見有東西。那確實是一艘船。

「是、是船……！有船來了……！」

「對啊！我們得救了！喂～～！喂～～！」

將近萎縮的氣力隨之重振。所有人都大聲呼喊，揮著手想讓那艘船注意到自己。持續了一陣子，不久後有人嘀咕：

「帝、帝國的船……」

那是足以讓人停止揮手的情報。隨風飄揚的旗幟為帝國國旗。

從輪廓觀察，應該是先前遇見的兩艘帝國船之一。

對方若被捲入暴風雨，也就可以理解為何會出現在這裡。

而船出現於此，代表從正常航路被風勢吹了回來。在場的人都知道他們的目的地是隆狄涅。

明明行程已有耽誤，對方豈會花時間救人？

何況這裡還有海龍潛伏，不曉得何時又會遭受牠襲擊。

不救也罷的要素全齊了。

而且，帝國船於短瞬間掉換了船頭方向。絕望從朱利歐胸口湧上。

然而朱利歐耳裡卻聽見了聲音。透過魔導具擴音的講話聲。

『我是帝國第八皇子，李奧納多·雷克思·阿德勒。目前，我們的船正在救助阿爾巴特羅公國船的生還者，救援將依序進行，但希望有餘力的人能游來船這邊。已無餘力的人麻煩再稍待片刻，我一定會救你們。』

朱利歐聽見這陣聲音，眼淚自然而然地流了下來。不過，他立刻將淚水擦去。

「我們游過去！要馬上請對方診治傷患！」

「遵、遵命！」

「出發！再撐一下就到了！」

朱利歐等人就這麼趕著游向在稍遠處出現的帝國船。

■■■

扮演李奧的艾諾擱下可以擴音的魔導具話筒，然後吁了口氣。

「希望這樣能讓救援工作輕鬆點。」

「我想有困難。先前救助的那些生還者大多無法自力上船。畢竟他們長時間在海上漂流，應該是在所難免吧。」

「我懂……船長！保留最起碼的監看人手就好，我希望將全體船員派去救援！」

「您又吩咐這種事……！海龍來的話要怎麼辦呢！」

「發現海龍時就等於完了。與其監看海上動靜，盡早結束救援會比較好。」

「其他怪物要怎麼辦！」

「附近沒有怪物。因為海龍通過以後，怪物並不會立刻靠近。」

艾諾說完便前往協助救援。

因為是李奧就會這麼做。從艾諾的立場，倒希望能在後方看著狀況下指示，不過他現在是用李奧的身分，只好說服自己參與救援行動。

目前船上剛把聚在一塊的四五個人從海面打撈起來。他們全都冷得發抖，艾諾則拿了準備好的毛毯為那些生還者蓋上。

「撐得漂亮。已經沒事了。」

「謝謝……謝謝您……」

從船員哭著感謝的模樣就可看出他們經歷了多麼恐怖艱辛的體驗。而在這種情況下，艾諾得到了新的情報。
「左方有多名生還者接近！多達五十人！」
「你說五十人？船上可沒有空間載那麼多人！」
這艘船已經救了十幾人，再多五十人是收容不了的。畢竟連正常編制的船員都不滿一百人。船在容納空間這一點有所窒礙。
所以艾諾被迫做出抉擇。他得決定要犧牲什麼。
「請問您要如何處置？生還者多得超乎預料。」
「唉，我大致已經想像到了……對方有三艘船，而我們只有一艘。運氣好的人多來一些，會變成這樣是顯而易見的事。」
「那麼，您也有考量對策吧？」
壯年騎士期待似的問。艾諾對他的問題露出了苦瓜臉。
因為那對艾諾來說會是最糟的決策。可是，他非得那樣做。
「將倉庫裡除了糧食之外的所有東西丟到海裡。」
「……包含要給隆狄涅的伴手禮？」
「當然全算在內。」
壯年騎士難免也無言以對。

這艘船是李奧搭的船，載的盡是比艾諾那艘船更有價值的物品。原本預定送給隆狄涅的最新武器和金銀財寶，艾諾決定將那些光得手就能玩樂一輩子的物品全扔到海裡。

「您做出這樣的指示不會有問題嗎？」

「早就出大問題了。我們沒辦法帶著這麼多的生還者到隆狄涅，因為糧食和水支撐不了。換句話說，現在非得前往阿爾巴特羅補給才行。當下已經嚴重耽擱，何況還有海龍潛伏於海域裡，究竟何時能夠抵達隆狄涅根本是未知數。但我還是決定要救人。我能保住的只剩李奧的名聲而已，所以我無論要拋棄什麼都會救生還者，這是絕對的。別捨不得寶物，要愛惜生命。目前活著的人一個都不能死，懂了嗎？」

「我、我明白了……」

壯年騎士看出艾諾眼中的覺悟，頓時心生畏懼。

他不由得受到了震懾。儘管壯年騎士對此感到吃驚，卻也想起那一天的事。他想起艾諾為愛爾娜卸下手鐲的模樣。

愛爾娜是為了艾諾才會前往參與騎士狩獵祭。對她來說，害艾諾喪失參賽資格是難以容忍的做法，因此艾諾便主動棄權，好讓愛爾娜自由行動。這是值得欽佩之舉。

感覺實在不像外界普遍稱為廢渣皇子之人會有的行為。

此刻也是。艾諾扮起李奧比完美還要完美，下達指示也切中要點。

「您果真深藏若虛呢……」

「你剛才有講什麼話嗎？」

「沒有。拋棄物資這件事請交給近衛騎士來辦。」

「好，拜託你了。大家繼續進行救援！能救的人就要救上來！責任我負！」

艾諾一邊指示一邊看向游過來的那群人。小艇上載著傷患，當中還能看見伊娃的身影，而且朱利歐也在旁邊。

「公女和公子平安是嗎……這樣跟公王的談判材料就變多了。」

如此心想的艾諾將繩梯拋向游過來的朱利歐等人。然而，朱利歐無意抓住繩梯。

「朱利歐公子！趕快爬上來！」

「麻煩您先救傷患！」

朱利歐說完便指向小艇載著的傷患。要救無法自力爬上船的傷患需要花時間，朱利歐等人要上船就得隨之延後，但是包含朱利歐在內的眾人都希望以傷患為優先。

「我知道了！請公子再等一下！」

救助傷患的行動加緊了腳步。

船員們下到小艇，把傷患扛上船。

這段期間仍有生還者從別的地方被救回來。於是以伊娃為首的傷患收容完畢以後，艾諾便將空出來的繩索拋向朱利歐。

朱利歐抓住了，但他好像在抓到繩索的瞬間就安了心而放鬆。他的氣力已經耗盡。

「朱利歐公子！」

目睹失去意識的朱利歐緩緩沉入海裡，艾諾立刻有了動作，如同之前救菲妮一樣，他採取行動是出於本能而非盤算。

艾諾跳進或許有海龍出沒的海中，設法將下沉的朱利歐拖上來。

對此大感驚慌的是帝國那些人。

「皇子！」

「皇子跳進海裡了！」

固然有上小艇的人，卻沒有任何人跳進海中。即使已明言沒有怪物、沒有海龍，可畏之物仍令人恐懼。

而最該保護的皇子就在這般局面跳下去了。帝國的眾船員見狀，也跟著做出覺悟，開始跳進海裡救人。

「繩索拿來！」

「請用！」

拋出繩索的是壯年騎士。

失去意識的朱利歐被繩索捆住身體，直接讓人拖了上去。
隨後艾諾也爬起繩梯，於是有隻手朝他伸過來。
艾諾伸手一抓，看似傻眼的壯年騎士就等在那裡。
「謝謝。」
「不會，將全身溼透的您拉上來，對我而言算是駕輕就熟。」
「？這話是什麼意思？」
「您不記得也是難免，因為您當時昏厥了。」
「你現在提的，到底是哪一回事？」
「您差點在勇爵家浴室溺死時，將您拉上來的人就是我。因為我原本是侍奉勇爵家的騎士。」
「……當真？」
「是啊，在隊長成為近衛騎士的同時，我也當上近衛騎士了。不過我想都沒想到，當了近衛騎士還是會跟全身溼透的您有所牽連。」
「別講得好像我捅了什麼婁子。第一次是被打昏沉到水裡，第二次則是為了救人。我可不覺得自己有給你添多大的麻煩喔。」
「確實如您所言。」

艾諾看壯年騎士苦笑，便發出嘆息。

他無意乖乖答謝當年的恩情，是因為得知對方屬於勇爵家人員。艾諾思考片刻後才察覺一件事。

「對了，我沒問過你的姓名。你的名字是？」

「我在第三騎士隊擔任副隊長，名叫馬可．泰巴。往後還請見教，殿下。」

「是嗎……但願這次的事情能盡快結束，馬可。」

「您說得沒錯。希望如此。」

雙方都講出樂觀之語。因為這種局面不可能立刻結束。

後來，艾諾屢屢停船展開救助行動，一個生還者都沒有錯過。

而在救了總計八十名以上的生還者之後，他便直接令船航向阿爾巴特羅最大的港都，亦即公都。

5

當艾諾扮演李奧的時候，李奧也在努力扮演艾諾。

「艾諾特皇子，船長在問，我方不用去搜索李奧納多皇子的船嗎？」

「又提這件事啊？反正照李奧的能力，一定會自己設法啦。航道維持現狀。還有，我身體不舒服，少來問東問西，麻煩。」

「是、是的……遵命。」

李奧如此吩咐以後便將進來房裡的騎士趕走，並且深深嘆氣。

有一名人物對這樣的李奧挑起毛病。

「五十分。艾諾的話會把問題交給船長去煩惱才對喲。」

「好難演喔……」

李奧嘀咕著望向愛爾娜。有別於完全被捲入暴風雨而遭海流拖走的艾諾那邊，李奧這艘船在被捲入風雨前就設法逃脫了。

即使如此，由於船晃得厲害，愛爾娜原本一直處於恐慌。在鎮定下來以前，她甚至沒有發現李奧和艾諾已經互換身分。

然而，愛爾娜發現以後就成了最佳顧問。艾諾之前設下的結界還在，使她免於感受過度的搖晃也是一大助力。

「總之我們要神不知鬼不覺地撐過去喲。這種事要是穿幫，問題可就大了。」

「就是啊……假如當時我能振作點……不知道哥還好嗎？」

「艾諾沒事的啦。畢竟馬可也跟他在一起，這種情況就是要靠臨機應變。有麻煩的是你喲。」

「也對……要假裝成哥的模樣，我辦不到啦……」

「幸好了解艾諾的人不多。你只要避免違背艾諾的行事風格就行了。」

「怎麼樣算是違背哥的行事風格？還有，愛爾娜，就算妳底下穿了緊身短褲，當著我面前用那種坐姿，感覺仍有可議之處吧？」

李奧說著，提醒把腳放在床上的愛爾娜。

李奧從兩人面對面坐下的角度，看得見愛爾娜的裙底風光。內褲被緊身短褲遮著，愛爾娜當然就沒有多介意。

「你這樣就違背了艾諾的行事風格。換成艾諾，可不會這麼對我說。」

「但是妳太缺乏防備了啦，別這樣比較好。」

「好好好，我會留意。不過，艾諾真的不會那麼說話啦。假如你覺得面對我就可以鬆懈，是會穿幫的喔。」

「何苦爭論這些呢……不然哥會怎麼說？」

「我想想……好比說『妳忘記穿底褲嘍』或者『今天穿白色啊』之類吧。總之他會先刺激我再取笑。」

「我講不出那種話啦……」

李奧應該想像了自己實際說出口的模樣，他難為情似的轉開視線。

這讓愛爾娜認為事態嚴重。

好玩成性的艾諾與並非如此的李奧，兩者跟女性的距離感與應對會截然不同。艾諾懂得配合對方調節，李奧卻始終保有一定的距離且注重禮儀。若要李奧表現得像艾諾，那會是一道瓶頸。

「艾諾要裝成李奧很容易，李奧要裝成艾諾就難了呢……明明一樣是皇子，為什麼會讓人感覺到教養有差異呢……」

「哥是個豪放的人，而且他基本上都在城外遊玩。有陣子他一直在城外呢，不知道為什麼每次都是哭著回來的。」

「那、那是因為艾諾都任人欺負，我才想設法幫他嘛！」

「我知道啊。愛爾娜，妳從以前就會替哥著想還有出力呢。」

「……雖然他好像並不領情就是了。」

愛爾娜吁了口氣。最近她總覺得自己做什麼都是白忙一場。

想替久違的艾諾拉抬名聲而前往參加騎士狩獵祭，結果卻喪失資格。民間都說艾諾坐擁愛爾娜這支強兵還大意失掉比賽資格，完全成了反效果。

而這次愛爾娜也是想盡一份力才陪同出訪，結果什麼忙都沒幫上，遇到緊要關頭還出了躲在房間裡的洋相，即使被說扯後腿也否認不了。想讓李奧稱帝的艾諾正在打拚，愛爾娜認為這是好事。可是，愛爾娜希望艾諾也能像李奧一樣受人稱許。

這與艾諾的想法背道而馳，還產生了差池使愛爾娜白忙。對於這點，她心裡也有數。即使如此，艾諾遭世人曲解就是讓她氣不過。

然而愛爾娜最近開始在想，那會不會是自己的任性？

艾諾並不在乎本身的風評，反而還會刻意貶損自己，藉此拉抬李奧的聲望。而愛爾娜的行動只會對艾諾造成妨礙。

因此她才有剛剛那句發言，李奧卻笑了笑。

「哎，哥大概會覺得困擾吧。」

「唔……」

「不過，我想他並沒有嫌妳礙事喔。從妳來了以後，哥就很開朗，還讓人覺得從容不迫。我猜他內心是仰賴妳的。」

「是嗎……？」

「我敢保證。」

「可是……」

「可是？」

「……明明有我在，他還不是僱了冒險者。」

愛爾娜本來有些猶豫要不要說，卻又心想乾脆趁現在說清楚，就不滿似的嘛起嘴嘀咕。李奧立刻聽出她指的是琳妃雅，便笑了出來。

「她是因為想請我們救自己的村子才會協助我們啊。是對方主動自薦，所以並不是哥去僱用她的喔。」

「這我曉得啦……可是，艾諾也可以跟我說一聲嘛。我都打算幫忙出力的耶。」

愛爾娜身為勇爵家的一員，並不能直接參與政爭。

這件事一直讓愛爾娜感到心煩。而護衛菲妮對愛爾娜來說，就是在這種情況下少數可以幫到李奧和艾諾的機會。假如菲妮遇襲，愛爾娜就可以向皇帝辯解，連帶地就算她出手對政敵造成打擊，也能勉強敷衍過去。

明明愛爾娜都這麼想好了，結果卻是艾諾遇襲，而艾諾還被冒險者搭救。於是本來應由愛爾娜擔任的護衛就被那名冒險者占了缺。

坦白講，愛爾娜很不是滋味。即使考慮到可能有任務要去別的地方，她仍然覺得很不是滋味。

「妳在鬧彆扭嗎？」

「我才沒有鬧彆扭啦！我是在生氣！」

「這樣喔。不過，哥應該是想到妳會陪我們出訪吧？考慮到這點，他會僱用琳妃雅不就可以理解了嗎？因為菲妮小姐會有危險啊。雖然為防萬一，連瑟帕都被哥留在帝都就是了。」

「李奧，為什麼你都會把事情看得那麼美好……艾諾在盤算什麼，我還不曉得嗎？與其用我這種直性子，立場上又不方便使喚的護衛，他就是覺得找個腦袋靈光又能自由行動的冒險者當護衛比較好啦。他有誇獎過嘛，說那個女人腦袋好。」

妳的腦袋不也挺靈光嗎？原本想這麼說的李奧噤口不語。

以學習知識這一點而言，愛爾娜確實非常優秀，可以說她從小就高人一等。只是，剛才愛爾娜提到的腦袋好並非那種意思。那是指爾虞我詐及互猜心思，也就是進行政爭所需的敏銳頭腦，而且愛爾娜知道自己欠缺那種頭腦。說起來是因為那不合她的性子，何況她根本就不想學。

勇爵家之人若是學了那些，皇族及有力貴族的特權就會受威脅。勇爵家應始終以劍自居，這就是勇爵家的基本立場。

所以勇爵家的力量不太會被運用於帝都暗鬥。與其矛頭向內，將矛頭向外才是運用勇爵家助力的正確方式。

「愛爾娜，妳有妳的優點，有的事情只有妳能辦到，我覺得妳只要在那些方面幫到哥就行了耶。這樣不能讓妳服氣嗎？」

「我能理解，可是沒辦法服氣……明明該由我保護菲妮才對的……」

「妳還是老樣子耶，不服輸，從來沒看過妳跟誰爭到後來會退讓的。可是，我想琳妃雅大概沒有意思要跟妳爭，而且妳們倆的職責也不會重疊。我方屬於弱勢，願意跟我們站同一陣線的人也少，而且有很多人會被盯上。我頂多可以保護自己，菲妮和哥就沒有辦法了，非得多保住幾個能當護衛的人才行。我認為哥是這麼判斷，假如妳有空閒，他就會拜託你啊。」

「會嗎？我倒覺得艾諾似乎嫌我礙事耶。」

「他不會啦。妳好頑固喔。總之，我目前只能靠妳了。拜託別鬧彆扭，給我建議。在隆狄涅見到公王以後，我該怎麼辦呢？」

「李奧，真拿你沒辦法……我想想喔。艾諾也會遵守最起碼的禮儀，你照常問候沒關係。但是你別多說其他話，不可以誇獎對方，真的就只能做簡短問候喔。」

「嗯，我懂了。」

兩人搭乘的船就這麼開往隆狄涅。

他們全然不知艾諾以李奧的身分捲入了災難當中。

6

「殿下，病情不穩定的傷患太多了，在這裡能做的診治有限……」

將入老年的船醫如此報告。雖然船設法來到了公都跟前，長期漂流的生還者中卻有許多人患病染疾。有的人本來在漂流前就已負傷，漂流於海上更使得病情惡化。我也會用治癒魔法，但是能治的只有傷，處理疾病及心理方面的異狀非我所長。

「我曉得。請你設法讓他們撐下去。」

「我當然會盡全力……但是要保證就難了。」

「我明白了……有勞你費心。」

「哪裡，這跟殿下傷神的程度不能比。」

船醫說完以後便從房間離去。見狀，我大聲咂嘴。

而馬可對這樣的我苦笑。

「唯有這一點是無能為力的。只能交給船醫處理吧。」

「別用無能為力來開脫。我應該說過，此刻活著的人，絕不能讓他們死。」

「可是……我們的能力也有極限，要拯救一切是不可能的。」

「死心的話就不可能，但只要不死心就能撐過去。世上的難事，大多尚有可為。從全世界的人口來想，這只是區區幾條人命，假如救不了，這世上就太沒道理了。畢竟我們已經付出了代價。」

說完，我想起丟棄到海裡的財寶。

唉～～可惜。有那些就可以做許多事耶。

實在是可惜。雖然我對馬可說過別捨不得，但是我怎麼可能不覺得可惜。

生還者們有價值取代那些財寶嗎？不，沒有。這我敢斷言。救了他們對帝國也沒有益處，既然無益於帝國，對李奧來說也就毫無價值。而我仍然救了那些人，明知會吃虧還是救了。我用眾多財寶買了他們的命，那麼他們的命就該歸我，上天豈能擅自剝奪。

「就快到了。我們上甲板。」

「是啊。差不多到了觸及海防線的時候。」

當馬可如此接話的瞬間，有聲音傳到我們這裡。

聲音裡混了一些擴音時特有的雜訊。

「告知接近的帝國船隻：表明來航目的，我國並未接到貴國任何聯絡。再次告知：表明來航目的，我國並未得知貴國有船要來的消息。」

是在公都衛戍的軍船。

對方發現未獲情資的帝國船隻，才來向我方要求情報吧。

從沒有突然開砲這一點可以看出不愧是阿爾巴特羅公國的海軍。幸好軍方管教周嚴。上了甲板的我拿起魔導具話筒。

「我是帝國第八皇子李奧納多．雷克思．阿德勒。在前往隆狄涅公國途中，發現有遭遇海難的貴國船隻，進而救助了約八十名生還者。當中亦包含貴國的公女殿下與公子殿下，望能獲得入港許可。」

魔導砲射程不確定是否能及的軍船明顯慌了。

他們應該也知道出航的三艘軍船並未回港一事，更明白伊娃和朱利歐人在上頭。

而我們在這段期間仍朝著港口前進。只要早一步靠岸，就能盡快讓生還者登陸接受專門的治療。

「已了解貴船之目的。為求安全起見，請容我方確認船上是否真有生還者，故要求停船。」

「了解。此外，狀況不穩定的生還者為數眾多，他們必須立刻接受治療。至少請容我方先將他們移送至貴船，並立刻運入港口。」

「我方亦希望領受，然而根據規定，搭乘於貴船之人不能放行入港。請待公王陛下定奪。」

哪有閒工夫等！

我不禁瞪向靠過來的船。現在可不是顧忌間諜的時候吧。伊娃還有朱利歐都在我們這邊，會跟他們在一起，不就能證明都是同船的船員嗎！

「公女和公子呢？」

「兩位都尚未醒過來……」

「嘖！」

要是兩人其中一邊保有意識，就可以用專斷的方式入港，現在卻因為他們沒有意識而無計可施。

難道還要在這裡等待許可？從城裡到港口究竟得花多少時間？公王多久才可以做出定奪？之後再移送傷患來得及嗎？

明明是在跟時間賽跑，繁瑣的手續卻擋在我們面前。

「殿下，這已經是對方的問題了，並不是我方奈何得了的問題。傷患運來這裡時，責任便已經轉移到他們身上了。」

「不用到現在才來釐清……！從最初就是對方要負責！既然已經插手這件事，那我就要管到底！」

我對馬可這麼說，緊握話筒。現在若強行前進，阿爾巴特羅公國的軍船便非得攻擊我們。果然只能由對方主動嗎？

「希望你們聽我說。有傷患已經性命垂危，他們是在漂流過程中吃過如地獄般的苦才生還的。能救回這些生命的只有你們，切莫等待入港許可，務請送他們上岸。」

「……您願意為我國之人如此費脣舌，實在感激不盡。但規定就是規定，未獲允許就要入港，縱使船上搭乘的是公族成員亦需請示公王陛下定奪。」

「貴船的船長是……？」

「是我，殿下。」

「……船長，我付出了眾多犧牲救回他們，還冒了危險，當下我依舊身處險境。理由只有一個，因為我不想讓他們死。跑海謀生的你應當知道漂流有多麼可怕，懇求你做出英明的決斷。」

船長聽完我的話，答覆有所遲疑。

對方的船持續在前進，但心裡恐怕是百般掙扎吧。於是——

「……殿下，我的兩個兒子也在出航的三艘船上，我衷心希望他們目前仍活著。然而……我是軍人，縱使有任何狀況也不能違反規定，請您見諒。」

「死腦筋的傢伙……！」

「殿下，交涉應到此為止。我們已經仁至義盡。」
近乎惱怒的我扔掉話筒。
當馬可正要勸我時，船醫發出哀號似的聲音。
「殿下！傷患的狀況——」
突有變化。如此領悟的瞬間，我立刻做了決斷。
「船長！將船開進港口！」
「咦～～！您在說什麼！對方還沒有發布入港許可喔！」
「我知道。但是，不進港讓傷患接受專門的治療就糟了。」
「請、請等一下！就算您那麼做，公國也不會感謝啊！因為這是對方的規定！這裡是公國！公國有公國的規矩！」
「遵守規定的話，人就會死。」
「狀況有變的不是公女也不是公子！而是毫無政治價值的船員！難道您要為此無視公國的警告，未得許可就入港嗎！即使被擊沉也怨不得人啊！」
「既然有公子和公女在，船就不會遭到擊沉。現在我們要傾全力救助眼前的性命。我不會更改命令，進港。」
我的決斷讓每個人隨之緘默。唯獨馬可把臉湊過來，小聲地規勸我：

「您太過火了……！李奧納多皇子不會做到這種地步……！不，李奧納多皇子不會採取這種強硬的手段……！」

「是啊，應該沒錯。所以那又如何……」

「您怎會這麼問……」

「這是好機會。我要代替李奧，將他的形象深植於眾人心中。李奧納多．雷克思．阿德勒一旦做出決斷就不會停下，他不是個天真的軟角色。即使李奧本人做不出這樣的決斷，有這種風評就能改變大眾對他的看法。」

「如果您那麼做，李奧納多皇子遲早會面臨更加困難的決斷……！」

「不要緊。他是我弟弟，我辦得到的事情，沒有任何一項是他辦不到的。」

我開口斷言，並且以眼神施壓。我經過沉默的馬可身邊後，便與船長面對面。

船長露出複雜的表情。

「您明白嗎……？殿下，敵人確實不會開火才對，但是進港以後就完了。屆時您將插翅難飛。」

「我懂啊。」

「您會陷於最為不利的立場！如果這時候進港，非法進港造成的結果，最糟就是被打入監牢啊！我們應該藉此在海上收取糧食與水，然後前往隆狄涅！您並沒有必要為了幾個人的命冒險吧！」

「即使對我們來說只是幾個人，對他們的家庭來說仍是寶貴的一分子。何況我已經打定主意了，決心救人就不能棄之不顧。假如此時棄傷患於不顧，這艘船上所有船員蒙受的危險就會變得毫無意義。」

「……您是要參與帝位之爭的吧？這件事若被人當成政爭的材料，皇帝寶座將隨之遠去喔。」

「那我到時候自會琢磨。希望你聽從命令，船長。這艘船是你的船，所有船員都把生命託付給你了。希望你不會讓我做出強占船舵，並且擅自駕船的無禮行為。」

船長沉思半晌。然而他發出呵的一聲以後，便釋懷地笑了。

「我原本以為您是位天真的皇子，不過……看來事情並沒有這麼單純。我對您多了一分欣賞。全體人員！準備進港！我們接下來要把船開進港口！」

船員們也回應了船長做的決策。

公國船朝著揚帆開始前進的我們呼喚。

「請停船！殿下！您這是在做什麼！」

「我方接下來要把船開進港口。狀況已經連片刻都不容猶豫了。」

「公國不會縱容這種事！假如您要非法入港，就算貴船載著公女殿下及公子殿下，我也會予以擊沉！」
　話說完，公國船就與我們齊頭並進。對方用魔導砲指向我方，整座港口同時警鈴大作。那應該是事態告急的警鈴。
　陸續有軍船從港口朝我們開來。
　在這種局面下，船長一邊掌舵一邊向我提議：
「殿下！我有妙計！」
「什麼樣的妙計？」
「舉白旗。」
　聽見船長這麼說的瞬間，船員們全露出驚訝的表情，船長卻顯得一臉愉悅，我則對他的提議苦笑。沒想到會是海軍的人獻策投降。
「口出此言的你，可明白我們帝國海軍一次也沒有舉過白旗？」
「當然。值得紀念的頭一號就是本船。」
「公國確實不會朝著舉白旗的船開砲才對，但有必要嗎？」
「對方派出那麼多船，當中想必也有腦袋食古不化的船長吧。這是保險起見，更能讓那些船長在事後有台階下。同樣身為船長，我能體會他們內心的煎熬。」
「這樣嗎……那就派人舉白旗。我會盡我所能。」

於是船員會意似的迅速舉了白旗。

公國船對此大吃一驚。

帝國屬於大國，而帝國的船雖是隻身叩關，卻對公國舉起白旗。茲事體大。

順勢行事的我將音量調到最大，並且向港口喊話：

「告知港口的全體人員，我是帝國第八皇子李奧納多．雷克思．阿德勒。目前我方船上載有從貴國船隻漂流而來的生還者，由於有部分生還者的病情惡化，接下來我將以非法入港的形式登陸，但我方船隻並無攻擊之意。倘若港口附近有醫生在，望請提供協助。可以的話，我還希望其他人能幫忙準備熱的飲品與食物。他們從地獄活了過來，懇請大家伸出援手。另外——周圍所有的公國海軍船長，目前你們的同胞正處於危機當中，是否能保命全得仰仗你們幾位的判斷。期待身為公國精銳的海軍船長們能對此做出明智決策。」

港口聽見我喊話以後，頓時騷動起來，原本想擋路的船隻亦同時停下。我們緩緩地與多艘公國船錯身而過，並且開進了公都的港口。

「第一要務就是運送這些傷患！動作快！」

我下指示以後，船員們便開始搬運傷患，而港口已經聚集了眾多人手要幫忙他們。

合乎常情，畢竟這裡有他們的家人在。

「快點！傷病患需要醫療道具齊全的環境！」

「我的醫院設備齊全！往這邊！」

「有熱飲喔！還有食物！」

將生還者放下船後，他們便得以享用溫暖的餐點。雖然我們也有提供食物給他們，但是在陸地吃到熱食應該讓他們連心都暖起來了。

每個人都是哭著吃的。

「殿下，這樣固然能讓風波告一段落……我們卻成了俘虜呢。」

「就是啊，白旗都舉出來了嘛。」

我聽著遠方響起的馬蹄聲，並且仰望天空。

身為全權大使卻淪為俘虜，可說前所未聞。然而會變成醜聞或佳話，端看我之後的行動。

「走吧，我有必要跟公王談談海龍的事。對方八成也希望如此。」

話說完，我便帶著馬可踏上阿爾巴特羅公國的大地。

第三章　南部生亂

Episode 3

1

當艾諾和李奧前往南部時，帝都也有動作。

「欠打！事情怎麼會弄成這樣！欠打！欠打！」

「唔！啊啊啊！唔哇啊啊啊啊！請您饒恕！請、請您……饒、恕……」

珊翠菈不停鞭打麾下的一名暗殺者洩憤。而她看暗殺者暈厥了，就氣喘吁吁地扔掉鞭子。

「沒用！真是的！氣人！怎麼會弄成這樣嘛！」

珊翠菈一邊啃著自己的指甲，一邊在房裡走來走去。

之前想綁架艾諾的中年暗殺者峻特看她這樣，便開口說道：

「我方的招數似乎全被看透了。」

「這我曉得！你該思考的是為什麼會被看透！李奧納多和艾諾特並不在對方陣營

耶！標竿人物放空城的派系！難道你覺得那個不諳世事的蒼鷗姬有本事耍我嗎！」

「李奧納多的派系似乎也有智囊。對方八成是在看出我方動向以後，就趁我方人馬採取動作的同時將情報傳遞至戈頓那邊。李奧納多視為心腹的女僕恐怕沒這麼精明，可見他們應該有新人才。」

「呿！令人惱火！區區的新派系也敢惹我！我絕對不會跟他們罷休！」

說歸說，珊翠菈卻一籌莫展。她向李奧納多的派系發動了攻勢，戈頓就同時對她的派系發動了攻勢。

珊翠菈想要從李奧納多的陣營拉攏支持者，自己的支持者卻在這段期間逐漸流失，因此她不得不轉攻為守。

在這種情況下，珊翠菈偶爾仍會向李奧納多的派系叫板，但戈頓那派都會抓準時機挖她的支持者。

再繼續消耗會變成戈頓獨贏。唯有這一點非要避免。

「您還是暫時別對李奧納多的派系出手。工務大臣被搶的這筆帳，我認為之後再跟他們算清楚就好。」

「唔……我懂啦。可是你要再隨便找個廢物讓我出氣！才一個人不夠我洩憤！」

「遵命。」

珊翠菈的性情過於殘虐，一旦情緒激動，就必須找對象發洩她的殘虐與攻擊性才會舒坦。任務搞砸的暗殺者大多會成為她的出氣筒。

峻特一邊思索著今天找誰才合適，一邊繃緊了神經，就怕哪天會輪到自己。

■■■

「漂亮。虧妳能靠零星情報推敲出對方的意圖。」

瑟帕這麼稱讚琳妃雅。

對李奧的派系來說，琳妃雅的存在舉足輕重。李奧的心腹瑪麗光是要維繫本身派系就已分不出餘力，應對來自珊翠菈的攻擊便成了菲妮的職責。

瑪麗終究是女僕，她能直接使喚的人有限。從這一點來說，菲妮能使喚的人並不在少數。要與珊翠菈對壘，菲妮會比瑪麗更加適任。

但即使適任，辦不辦得來又是另一個問題。然而，琳妃雅當面解決了這個問題。

「這跟預判怪物的攻擊一樣。在所能有限的狀況下，大多會採行最穩當的方案。因此我一面警戒，一面也將情報傳遞給其他陣營。既然第二皇女已提高戒心，恐怕就不會再發動攻勢。」

「琳妃雅小姐！妳好厲害！」

菲妮坦然表示讚賞，使得琳妃雅有些疑惑。

之所以如此，是因為艾諾派了琳妃雅擔任菲妮的護衛，卻交代菲妮要聽取琳妃雅的建言。因此，菲妮將琳妃雅的意見都聽進去了。

當然，菲妮並沒有把所有事情都丟給琳妃雅，她提出了自己要的方針，然而達成的方式全是由琳妃雅提議，再由菲妮採納。

待遇好並非壞事，琳妃雅對此卻覺得有些不可思議。

「妳怎麼了嗎？」

「沒有……我只是覺得好奇，您為什麼會對我信任至此。」

「要問這個的話，就是因為艾諾大人信任妳啊。艾諾大人明白我的重要性，他不會將信不過的人留在我身邊。」

菲妮的嫣然笑容純真無邪。菲妮能這麼笑有一個理由，因為她對自己的想法並沒有存疑。

菲妮很清楚自己的立場。公爵家千金，蒼鷗姬之稱號。這就是自己所擁有的一切。她並不是因為個人的能力受到器重才會待在這裡。對艾諾和李奧來說，要緊的是菲妮「人在這裡」，除此之外她並未受到多大期待。正因為這樣，他們不會將信不過的人留在自己身邊——菲妮如此篤定。這種觀念讓菲妮對琳妃雅寄予全面的信任。

「請問……您不會覺得反感嗎？讓新加入的成員管東管西。」

其實琳妃雅已經有會招怨的心理準備。菲妮貴為公爵千金，反觀琳妃雅則是流民之後，身分差太多了。琳妃雅原本以為菲妮不可能輕易將她這種人的話聽進去，然而，實際上卻沒有那回事。

雖然說當中含有對艾諾的信任，菲妮能如此坦然聽取他人意見，直讓琳妃雅感到不可思議。

至少那跟琳妃雅心目中的貴族形象相去甚遠。

「？只要能幫到艾諾大人或李奧大人，我沒有什麼好介意的。無論我幫上忙或琳妃雅小姐幫上忙，不都是一樣的嗎？」

「……原來如此。您並沒有著重於自己呢。」

「妳果真觀察入微。菲妮大人的為人正是如此，別人擺第一，自己擺在第二。」

琳妃雅理解似的對瑟帕說的話點頭。原來也有這種性格的貴族——她一面這麼想，一面又納悶：為什麼這樣的人會投身於政爭？這成了新的疑問。

「您為什麼會參與帝位之爭呢？恕我失禮，感覺這種事並不適合您。」

「啊唔唔……就是說嘛……我自己也這麼認為……」

被當面講明的菲妮看似受了打擊而垂下頭。

由於她受打擊的模樣實在太直率，反而是琳妃雅慌了。

「咦？啊……對您來說打擊這麼大嗎？」

「是的……因為我一直都沒能幫上艾諾大人他們的忙……我也希望多少要盡一份力就是了……」

只要到最後能給艾諾帶來好的結果，不管由誰活躍都沒有關係。

基本上菲妮的想法就是這樣，話雖如此，這並不代表她甘願以無能自居。

若能在立場或稱號以外的地方幫上忙，她也想幫。菲妮一直都是這麼想的。

只是菲妮也明白自己沒有那種能力，因此就沒有做出招搖的舉動。

「菲妮大人願意留在我方陣營，對兩位殿下無非是幸運。我想您不用太過介懷。」

「希望如此……」

菲妮垂下目光的模樣，即使在身為女性的琳妃雅看來也覺得美麗。重點並不是單純因為臉孔長得標緻，琳妃雅能感受到菲妮是真的希望成為助力，還感受到她正在為此而煩惱。

艾諾啟程時，曾對琳妃雅交代過一句，託她照顧菲妮。

琳妃雅不清楚那句話有多深的含意，但她決定解讀得更深入一點。希望妳能協助菲妮立功——琳妃雅覺得艾諾似乎有這個意思，便如此解讀了。

「那麼，您就設法幫上忙吧，菲妮大人。」

「咦？有我可以幫到忙的事情嗎？」

「有唯獨您才能辦到的事情。您在帝都極具人氣，有些人士會需要您的人氣。」

「妳是指哪位呢？」

「商界人士。在兩位皇子回來前先建立雄厚人脈，我認為對本派系是有助益的。」

淡然說道的琳妃雅看向瑟帕。倘若瑟帕對這項決定有所不滿，應該會說些什麼。然而，瑟帕什麼也沒說。

既然如此，琳妃雅便繼續談下去。

「目前在帝都活動的商會，自然也都想沾您的光才對，但是其他繼位人選恐怕也有找他們談合作，因此我認為該找其他商會下手。要找的是有意將勢力正式拓展到帝都的商會。」

「有那樣的商會嗎？」

「有。菲妮大人，您恐怕也聽說過，名為『亞人商會』的大商會。」

「原來如此。我們對妳的評價得再提高一階。李奧納多大人與艾諾特大人也看上了亞人商會，然而，兩位至今仍未與其接觸。想必妳也明白理由吧？」

「是的，瑟帕先生，因為率領商會的是位女吸血鬼。最近發生的事件讓帝國人民對吸血鬼印象不佳，我明白兩位皇子已經暫緩與其接觸，不過正因此，我們鐵定能與對方搭上線。我倒認為這是個好機會喔。」

菲妮對琳妃雅的提議連連點頭。她並不是只有點頭，她也盡自己的能力在思考。採取這種行動將與誰為敵、與誰合夥？對帝都會帶來何種影響？菲妮全部思考過以後，就得出了一項結論。

「我們跟那位女吸血鬼見個面吧。我希望看過對方的為人再來做其他打算。」

「我明白了。菲妮大人，我想只要派人通知，她就會答應見面。請問這件事是否能麻煩瑟帕先生幫忙安排？」

「舉手之勞而已。兩三天內就能得到回覆才是。」

「原來如此……艾諾大人，我會加油的！」

菲妮說著就朝艾諾應該在的南方扯開嗓門。

這時候，艾諾正面臨什麼樣的處境，菲妮當然是無從得知。

2

我們被「邀」進了城裡頭。從恭敬的態度可以明確體認到公王無意與我們敵對。哎，畢竟敢動我們，會走上絕路的是這個國家。除了海龍以外還跟帝國發生爭端的話，肯定是死路一條。

既然如此，還不如恭迎我方人馬，並且說服我們協助對抗海龍才是上策。儘管得視尺寸而論，不過龍大多被歸為S級怪物。冒險者公會要對付，就會由S級或AAA級冒險者組成隊伍，或者委由SS級冒險者解決。

若是靠軍方對付，應該就需要相當長期的準備與大量兵員。

至少光靠阿爾巴特羅公國，要討伐龍是幾乎不可能的。

「這邊請。」

「謝謝。」

我向領路的騎士答謝，並且走進謁見廳。

於是我發現公王並不在寶座上。他跪在紅色地毯前方，深深低著頭。

而公王身邊還有一群恐怕是重臣的人，也都跪地低頭。

「幸會，李奧納多皇子殿下，我是阿爾巴特羅公王，德納多・迪・阿爾巴特羅。此次之事，全因我國思慮不周所致。不慎讓您捲入其中，萬分抱歉。還有，您救了包含我兒女在內的眾多生還者，對此我要深深向您致謝。謝謝你……」

「感謝李奧納多皇子！」

接在公王後頭，重臣們也道出感謝之語。這是罕見而異常的景象。縱使雙方國家的規模有差距，對方仍是君王，而我是皇子。基本上對方地位較高，而我較低。儘管也要視情況而定，但我與公王頂多只能站到對等的立場。

由公王屈尊向我低頭，簡直不合常理。

不由得愣住的我看向馬可，馬可也一樣愣住了。

馬可勉強跪好在地上，給人的感覺則是猶豫著該如何是好。他光思考自己要怎麼應對進退就忙不過來了。

我心想不得已，只好走到公王跟前，握著對方的雙手讓他起身。

公王年約四十過半，跟伊娃及朱利歐一樣，有著髮色偏淡的褐髮與綠眼睛，長相與朱利歐較為神似。儘管親切和善，由於體型給人過瘦的印象，看起來倒也略顯不健康。

而我下跪向公王開了口：

「公王陛下，幸會，我是帝國的第八皇子．李奧納多．雷克思．阿德勒。此次之事驚擾到貴國，我深表抱歉。還有，您不需要道謝，我只是救了眼前所見的生還者。換成我們帝國的船隻沉沒，想必貴國也一樣會這麼做吧，因為你們熟知大海的可怕。」

「可、可是！」

「不過，貴國重信重義，光這樣應當無法釋懷吧。因此，能不能資助我方船隻糧食與水呢？另外，要是能分一些財寶給我們就沒得挑剔了。因為我方船隻已將原本要送給隆狄涅的財寶丟棄到海裡了。」

「皇、皇子！您竟然為了生還者犧牲至此嗎！當然可以！不用您說！我國也會負擔一切的支出！」

「感謝您。還有一件事情，我想談談貴國所懷的心頭大患。若是拖久了，這個問題恐將禍延大陸全土。」

「……我明白了。您已不是局外之人，這事非得讓您知情才行。」

我催公王回到寶座。答應的公王在登上寶座坐穩以後，便一臉沉痛地將事情道來。

「您大概也發現了吧，我國海域……有海龍出沒。」

「我有隱約感受到。那陣暴風雨太不自然，我方船上的船長也在懷疑那便是傳聞中的海龍。」

「這樣嗎……那頭龍名叫『利維亞塔諾』，是從超過兩百年前就沉睡著的龍。」

「兩百年前？以龍的休眠期而言實在太久了。」

「牠並不是在休眠，是我國讓牠睡著的，利用古代的魔導具。拿上來。」

公王吩咐侍女將東西拿來，於是侍女拿了一把損壞的法杖過來。

杖身已經從根部完全折斷了。構造本身並無出奇之處。法杖前端鑲有巨大的寶珠，那恐怕是蘊藏魔力的寶珠，當下仍可感受到強大魔力。但就算這樣，似乎也只剩五成的力量，若考慮到原本力量有多龐大，應該是驚為天人的魔導具吧。

「兩百年前，南部這裡是由統一的國家所治理。然而，由於海龍利維亞塔諾在進入活動期以後於周遭到處為亂，人們被迫與其對抗。結果，雖然勉強靠這項魔導具讓海龍沉睡，王室卻衰退沒落，後來南部就陷入了戰國時代。我們阿爾巴特羅公國原屬於受託守護這把法杖的家族，關於利維亞塔諾的事蹟，也傳承得比隆狄涅正確。」

「原來如此。所以是因為那把法杖損壞，陛下才會趕緊派人調查？」

「正如皇子所言。讓您受到波及，實在抱歉。貴國船隻被捲入暴風雨，應該是處於即使沉沒也不奇怪的險境……當初我該立刻通知冒險者公會才對。」

「事情已經過去了。何況要討伐龍，就得支付天價的報酬，再說情報會流傳到大陸全土。貴國主要仰賴海洋貿易，我並不能責怪你們獨自展開調查的做法。」

「……感謝您體諒。」

說明到這裡結束。

我明白狀況了。接著是對策。該怎麼做？即使聯絡冒險者公會，也不是要對付就能馬上對付。能與龍抗衡的冒險者在大陸全土也只有一小撮。

雖然我正是其中之一，但基本上不會離開帝都的席瓦突然出現於此實在太不自然。應該要找個理由。

「公王陛下打算採取什麼樣的因應手段？」

「我想只能拜託冒險者公會。但他們大概不會立刻因應……」

「只能那樣辦了吧。我們帝國也希望提供助力，然而對手是龍，還得在海上作戰，總不可能派出艦隊就完事，想必得委託懲治怪物的專家。不過，我有一項提議。」

「請指教，什麼樣的提議？」

「貴國應與隆狄涅公國締結同盟抗龍。對方若知道內情，也會曉得現在不是互鬥的時候才對。」

「這我也有想過……但是我國與隆狄涅長年相爭，彼此並無邦交能立刻結盟。」

「所以我才會向您提議。由我來向隆狄涅提出同盟的建議。只要有帝國的全權大使居中斡旋，對方應該就無法等閒視之。」

我的提議使公王有些倉皇，因為內容對他們太過有利了。公王思索片刻以後，給了我不會出差錯的答覆。

「由於事關重大，可否讓我與重臣商議後再行決定？」

「當然。不過這件事應加快進行較妥。隆狄涅固然不清楚內情，但在當下理應已經掌握到貴國正處於混亂的籠統情報，或許他們會藉機攻打。」

「確實有道理……」

說是這麼說，我仍敢篤定不會有那種事。隆狄涅那邊有李奧在。就算他假裝成我，身旁也還有愛爾娜。

他們應該會一面掩飾實情，一面牽制隆狄涅的動向。既然我沒有抵達，那兩個人就會想到我在阿爾巴特羅公國才對。話雖如此，能夠隔一段時間對我方也有好處。

畢竟我希望有時間思考，甚至覺得那樣的話去帝都也是可行的。只不過，問題在於光是去程就要用兩次瞬移魔法，來回必須用四次。非得明辨啟程的時機——我這麼心想，鞠躬以後便離開了謁見廳。

3

亞人商會正如其名，是由亞人經營的商會。

成員皆為亞人，其特異性質往往會聚集注目，但由於他們廣納各種亞人，工作表現遠勝過其他商會。

搬運貨品有身強力壯的亞人；運送物資有腳程快的亞人；採集則有鼻子靈的亞人。

亞人在各自擅長的領域遙勝於人類。倘若布署得當，自然拿得出比人類更高的工作成效。

藉此自大陸東部逐漸拓展影響力，下一步已經準備在帝都開設分店的大商會。還有率領其成員卻從不在外露面的神祕吸血鬼。

那便是亞人商會。而琳妃雅和菲妮正要前往他們的帝都分店。由她們倆出面是因為對方如此指定，原本該由瑟帕去，然而女性比較不會引起戒心，所以琳妃雅就成了唯一隨行的護衛。

「分店已經落成，正當前景大好時就發生了東部那場風波。因此他們的分店到最後並未開幕，也沒有掛上亞人商會的招牌。畢竟首腦是吸血鬼，皇帝又遭遇襲擊，把亞人都劃進一個圈子的帝國變得神經敏感。我認為商會做了明智的判斷。」

「是嗎？我覺得他們本身沒做任何壞事的話，就不用心虛。再說襲擊皇帝陛下的又不是那些人……」

「菲妮大人，如果大家都抱持跟您一樣的想法就不成問題，然而社會大眾並非全都像您一樣光明磊落。未將襲擊者視為個人，而對亞人廣泛產生反感的人並不在少數。」

琳妃雅認為那可稱作美德。菲妮並非旁觀者，而是受害者。儘管如此，她對吸血鬼或亞人仍沒有偏見。

那是菲妮不以頭銜或種族來識人的證明。因為她將對方當成個人看待，負面情緒便不會延燒到相關事物。

然而，琳妃雅覺得菲妮應該要了解那是有別於人的思維。

所以她開口叮嚀一臉不明所以的菲妮：

「菲妮大人，人類是想法各異的生物，這您明白嗎？」

「是啊，當然了。」

「那麼您應該知道，您的想法也會有不符普世觀點的時候。我對亞人並未放感情，但若有人對亞人懷恨在心，您剛才的發言或許就會被當成擁護亞人。那樣將會給您招來不利，以至給派系招來不利。如果您為兩位皇子著想，表達個人想法時就應該斟酌。」
「說、說得對呢……確實是這樣。我失言了……」
琳妃雅看菲妮因而洩氣，就覺得自己似乎做了什麼壞事。然而即使如此，她還是不會安慰菲妮。
既然擔保會救村子的艾諾交代過要她照顧菲妮，她便認為自己要對菲妮負起責任。身為冒險者，收多少報酬就該做多少差事。最起碼要保住勢力，並且讓菲妮立功。沒辦到這些就不符自己所收的報酬。
畢竟艾諾已經用高額報酬指名亞伯的隊伍，讓他們護衛村子。
那一大筆錢足以讓任何功績都相形失色。
艾諾以席瓦身分保有龐大財產才出得了那筆錢，對一介皇子來說則是相當難負擔的金額，所以琳妃雅認為艾諾是硬湊出錢的。
這刺激了琳妃雅的責任感。
「對方是領導大商會的代表。發言不慎的話，很有可能受她擺弄。請您要當心。」
「好、好的！」
琳妃雅看菲妮繃緊臉孔，便點了點頭。
與此同時，她們倆搭乘的馬車停了下來。抵達亞人商會的帝都分店了。

■■■

位於帝都頭等地段的分店生意清閒，幾乎都沒有人上門吧。
兩人走進分店以後，疑似代表商會迎接的金髮精靈便為她們領路。領路途中都沒有人講話。
一行人就這樣來到規模挺大的分店內部，祕書在紅色門扉前停下了腳步。
「代表正在這裡等候兩位，請進。」
「好的。」
話說完，祕書打開門。兩人走進房裡，房裡卻看不見人影。
回過神時，祕書已經退下了。
「該不會弄錯房間了吧？」
「既然地點是對方指定的，我想不會出那種錯。刻意讓商談對象等是常用的手法。我們坐下來等吧。」
琳妃雅一臉沉著地讓菲妮就座。
菲妮稍微猶豫過後，就用桌上的茶具泡起紅茶。

「琳妃雅小姐要不要一起喝？」

「我現在是護衛，回去以後再和您一起用茶。」

「這樣啊……一個人喝紅茶也沒意思就是了……」

菲妮落寞地喝起自己泡的紅茶。

然後時間就這麼過去了。

「……我們到底是該回去了。」

「不過商會的代表還沒有來喔。」

「但對方已經讓您等了兩個小時，可見是無意見面才對。」

「假如無意見面，對方應該就不會邀請我們。當中或許有什麼理由，我們等吧。」

「……菲妮大人不會覺得對方失禮嗎？」

等了兩個小時，連身為平民的琳妃雅都有些生氣，從菲妮身上卻完全感覺不出動怒的跡象。

既然是貴族，多少就有自尊心，應該會對受人尊重這件事習以為常。何況菲妮貴為公爵千金，又擁有蒼鷗姬的稱號，帝國內不需對她客氣的人還比較少。

然而菲妮只是靜靜地喝著紅茶。

「會失禮嗎？畢竟要求見面的是我們這邊，等是合情合理吧。」

「可是……」

「假如今天不方便，明天再來。明天也不方便的話，就再多隔一天。用時間和誠意拜託對方協助，因為我能做到的只有這點事。」

菲妮說著就哀傷地笑了笑。那是對自身的無力露出的笑容。

沒有那種事——琳妃雅堅決如此認為。犧牲自己為他人奉獻，並不是任何人都能夠辦到的事。

當琳妃雅打算這麼告訴菲妮時，房門突然打開了。

「嚇我一跳。原來妳們還在等啊。」

話說完，進來房裡的是個銀髮女子。頭髮梳得像娼妓一樣蓬，火辣禮服裹著用豐滿來形容正合適的肢體，病態的白皙肌膚展露無疑。紅紫色眼睛興趣濃厚地直盯著菲妮。

女子具有成熟氣質，容貌卻年輕得有如十幾歲。

淡色頭髮與紅色系眼睛，再加上白皙到病態的肌膚及端正容貌。女子身上無一不是吸血鬼的要素，所以菲妮迅速起身向對方低頭行禮。

「幸會，我叫菲妮・馮・克萊納特。看來妳就是亞人商會的代表，沒錯吧？」

「對，我是亞人商會的代表，名叫尤莉亞，想怎麼稱呼隨妳。」

尤莉亞說完就與菲妮面對面坐到沙發上。

琳妃雅對她的態度板起面孔。

「就這樣？讓人等了這麼久卻連一聲賠罪都沒有，是否合乎於理？」

「不想等的話，大可回去就行啦。我又沒有主動拜託妳們來。」

「……妳對談判對象都不抱持敬意的嗎？」

「要不要把妳們當成談判對象，我接下來才會決定。我們亞人商會想拓展到帝都固然需要助力，就算這樣，也不代表我們跟任何人都願意聯手。我不會讓我的商會自貶身價。」

尤莉亞說著便露出嫵媚笑容看向菲妮。

琳妃雅終究是護衛，她明白要跟對方談判的人是菲妮。對於這一點，琳妃雅暗自在內心咂嘴，因為琳妃雅本來希望能直接主導對話。

「幸會，我先問候一聲。蒼鷗姬，對妳可需要用敬稱？」

「妳直呼我的名字不要緊。」

「是嗎？那我就叫妳菲妮嘍。其實我叫不慣大人的稱呼，這樣方便多了。」

看似由衷感激的尤莉亞笑著將菲妮準備的紅茶拿到自己手邊。

「我可以喝嗎？」

「請用。」

「謝了。我的喉嚨乾得難受。」

「妳之前在忙些什麼呢？」

「什麼也沒忙。我只是默默地在觀察人而已。」

原來如此——琳妃雅隨之理解了。刻意讓人等，藉此觀察商談對象的動靜。不愧是大商人。她不由得佩服這種費周章的安排。

尤莉亞並非尋常商人，她恐怕活得比菲妮及琳妃雅的祖父母還久，還在只收亞人的限制下將小商家經營成大商會，可謂身經百戰的豪商。控場對她來說算是家常便飯，此刻更已讓談判完全順著自己的步調。事情沒談好，或許會被迫跟她定下內容極為不利的契約。

當琳妃雅如此戒懼時，尤莉亞做出了更加驚人的發言。

「志在帝位的四名有力人選，各自派了代理者來我這裡，想獲得我們商會的協助。要跟所有人見面談談也是可以，卻也嫌麻煩吧？所以嘍，今天我就讓每個代理者各自在不同的地方等。找來這裡的是埃里格殿下和李奧納多殿下的代理者，另外兩位的代理者則叫到了其他地方。於是他們立刻就生氣回去了。反正料也料得到，我才會把那兩派的代理者叫到其他地方。」

「原來如此。表示堅持到最後的是我們嗎？」

「對。經過約兩小時，埃里格殿下的代理者也回去了。對方是判斷合作無望。冷靜的判斷。他們背後已經有大商會支援，應該是認為在我們身上花太多時間嫌浪費吧。」

話說到這裡，尤莉亞笑了一笑，還嘀咕紅茶很美味。

琳妃雅體認到對方比自己想像中更精明，而覺得有些後悔。

亞人商會在尋求協助，他們肯定會需要菲妮的人氣，琳妃雅原本以為只要拿這當成談判材料，要獲得對方資助就不難。

眼前的商會代表卻不是這麼簡單的對手。

菲妮承擔不起。想助她立功，或許卻變成帶她一起闖進了龍潭虎穴。琳妃雅詛咒起自己的思慮之淺。

「那麼，來談談生意的事吧。妳們想在帝位之爭當中找人合夥，畢竟其他繼位人選的後頭都已經有大商會資助，李奧納多殿下要比財力贏不過他們。問題是站到妳們這一方，對我們商會有何種好處？能不能提示些什麼？」

尤莉亞在完全掌握現場的狀態下提出話題，臉上甚至還有從容的笑。

老實過頭的菲妮難以招架吧。那麼，接下來該如何應付呢？當琳妃雅如此思考時，菲妮就打出了手上最強的底牌。

「談判材料就是我。我會奉上任意利用我的權利，還請妳鼎力相助。」

毫無心機的這步棋讓琳妃雅無言以對，尤莉亞卻比她更加訝異。不過，尤莉亞很快就回神露出自信的笑容。

「有了那種權利，我或許會逼妳做公爵家千金不該有的舉動喔。」

「請隨意。」

菲妮立即回答。面對嫣然一笑的菲妮，這次換成尤莉亞受了震懾。

4

尤莉亞被菲妮的笑容震懾住了。說來很單純，因為尤莉亞拿不出任意利用菲妮所應支付的相稱代價。要開出與菲妮等值或以上的條件做交易，究竟有多少商人辦得到呢？恐怕沒有。不知道菲妮是否明白這一點。

嫣然笑著的菲妮在尤莉亞眼中顯得很可怕。萬一尤莉亞開出了等值的條件，菲妮就不能反悔。好比審判進行到一半，還在判決前露出笑容。尤莉亞不認為這是神智清醒的狀態下做得出來的事，所以她湧上了興趣。

「妳明白嗎？如果我提出妳們所要的對價，妳受到什麼對待都不能抱怨喔。」

「我明白。不過，妳儘管那麼做無妨，因為我只是想幫到艾諾大人和李奧大人。」

「……為了派系就可以任人宰割？妳有什麼把柄在他們手上嗎？」

菲妮自我奉獻的精神太過偏離常識，讓尤莉亞認為當中有鬼。

除菲妮以外，尤莉亞也將目光轉向擔任護衛的琳妃雅，然而琳妃雅同樣露出了震驚之色。

「我並沒有什麼把柄在人手上喔。我只是想幫上忙而已。」

「對方值得妳這麼做？李奧納多·雷克思·阿德勒是值得妳如此聲援的皇子？」

「是啊，當然了。我就算奉上性命也要讓那一位稱帝，為此我願意做任何能力所及的事情。只要妳拿得出與我等值的事物，我便樂於獻出自己。妳覺得如何？」

「……我辦不到。我拿不出與妳等值的『事物』。是妳贏了呢……令人困擾的女孩。真受不了，根本連點心機都沒有。」

尤莉亞說完便讓步了。她在談重要生意時絕不會主動讓步，就連一丁點價格也沒有讓人砍過。然而有如此能耐的尤莉亞也領悟到自己說不過現在的菲妮。虛張聲勢對動真格的人不管用，她只能實打實地談交換條件。既然在這方面贏不了菲妮，尤莉亞就只得服輸。

「妳們想要什麼，說來聽聽吧。」

尤莉亞看過菲妮的眼神，發現她並不是單純的貴族千金以後，便決定盡快將這件事談下去。對尤莉亞來說，這是場重要的商談。縱使形勢變得略為不利，只要能談出一個結果，就能得到足夠的回報。

畢竟原已認為用不上的帝都分店或許還可以展開營業。

「細節會由琳妃雅小姐交代，而不是我。麻煩妳。」

「啊，好的。我們要求的是資金。帝位之爭需要相當資金，往後要拉攏權貴的話，資金再多也不夠用。能否請妳提供援助？」

「我懂。其他呢？」

「另一點就是要請妳打擊除了我們以外，跟其他繼位人選派系有密切來往的商人及商會。」

「意思是要在生意領域鬥垮對方吧？行喔，正合我意。就這樣？」

「目前我們求的只有這些……」

「是嗎？那我要講商會這邊的要求嘍。我答應妳們開的所有條件，相對地，我希望盡可能利用菲妮．馮．克萊納特的名字和臉。」

這項提議對琳妃雅來說正如預料。太符合預料，甚至讓人覺得敗興。因為那是帝都全體商人都會有的念頭。

就算賣蔬菜好了，若能聲稱那是菲妮推薦的蔬菜，肯定會賣得像飛一樣快。菲妮在帝都受歡迎的程度就是如此傲人。

之所以沒有人實行，是因為擅自那麼做會觸怒皇帝。

然而，有菲妮本人的允許就行得通。另外，要是獲准使用菲妮的肖像畫或者魔導具製造的幻象，效果還會更高。在商人眼裡，像菲妮這種當紅名媛比埋藏金銀的礦山更具價值。

「請問妳沒有其他要求嗎？」

「沒有喔。可以的話，我本來是打算拐妳端出有利的條件，但是罷了。這個國家的皇帝實在有眼光。菲妮，妳是個好女人，既可愛又有膽識，我甚至想收妳當情婦。」

「妳的提議令人欣慰，可是我一旦歸人所有就會失去身價，因此恕難接受。」

「哎呀呀，可是妳仍要出面參與皇子們的帝位之爭？我滿有興趣，是什麼讓妳願意這樣付出呢？」

尤莉亞說的話讓菲妮遲疑該如何回答，因為她不知道要怎麼答才是最貼切的。因此菲妮提出了兩個答案。

「我是公爵家的女兒，地位足以干預帝位之爭。正因如此，我覺得自己有義務替一位能讓全體人民引以為傲的皇帝提供後援。撇開這個立場，若要我單憑個人感情來回答……聲援自己最喜歡的人，不是理所當然的嗎？」

她的回答對尤莉亞來說出乎預料。

前半的回答乏味歸乏味，後半卻不同。那是尤莉亞喜歡的答案。

「因為喜歡而聲援嗎？真單純呢。印象中妳那邊的皇子是一對雙胞胎，不知道哪邊合妳喜好？」

「這是祕密。」

菲妮把手指湊到鼻子眨了眨眼。那嬌憐的舉動讓尤莉亞忍不住露出笑容。用嬌憐與優雅形容皆宜的菲妮有種魅力，會讓人莫名想要支持她，故而才有蒼鷗姬之名。

尤莉亞實際體認到被皇帝選中的魅力果真名不虛傳。

「至今我見識過各式各樣的人，所以我看得出來。菲妮，妳既特殊又特別，因此妳可要珍惜自己。不珍惜自己的人，也就無法珍惜其他人。」

「……我會記在心上。」

菲妮說完便對尤莉亞低頭行禮。

見狀，尤莉亞把目光轉向琳妃雅。

「妳要扶持這女孩。像她這樣，周遭可得有人幫忙顧好。」

「不用妳說，我也是這麼打算。請貴商會也別忘記，即使算不上周遭的成員，你們也已經成了本派系的一分子。」

「妳想表達什麼？」

「能否請妳別跟其他繼位人選接觸，避免做出有損誠意的行為呢？」

「行啊，這是當然。」

尤莉亞對琳妃雅的忠告深深頷首。

身為商人，與所有人選都打好關係才是最佳做法。但帝國的帝位之爭有其特殊性，失勢者的相關成員都會遭受或重或輕的懲處。既然已經投靠李奧的派系，其他繼位人選就不會善罷干休。即使表面上能相安無事，帝位之爭結束後肯定還是會被逐出帝都。

這樣的話，盡全力擁李奧稱帝才是良策。

「那我們就安心了。若有必要，我方會主動聯絡，在那之前請妳節制與我方人員的接觸。」

「我懂嘍。合作愉快。」

「好的。那麼，請妳保重，尤莉亞小姐。」

「嗯，保重。」

尤莉亞說完便目送琳妃雅和菲妮離去。

於是在兩人離開以後，尤莉亞緩緩看向自己的手掌。掌心流了汗。她被菲妮的眼神嚇住了。能讓那個和善的千金露出那種眼神的男人，不知道會是什麼樣的男人。興致勃勃的尤莉亞從沙發起身，隨後——

「趕快著手開店。我要盡早拿出成果，向李奧納多的派系邀功。可以的話，我還想親眼會一會對方，看看他是否真材實料。」

尤莉亞對隨侍在旁的祕書下指示，並且嘀咕。

假如菲妮的意中人有能耐滿足自己的興趣。

「或許由我奪人所愛也別有樂趣。」

尤莉亞伸舌舐了舐嘴脣，並露出略尖的犬齒。祕書看到她那樣便發出嘆息，說是壞毛病又犯了。這位商會代表難以抗拒有價值的事物，哪怕是人也一樣。

但願事情不會變複雜。

精靈祕書如此心想，一邊默默地開始著手。

5

「呼～～……」

我在阿爾巴特羅公國的城裡得到時間獨處，才大大地嘆了口氣。

動盪連連。從我頂替李奧的身分以後，究竟操了多少心？

坦白講，我累了。逼自己逞強讓我吃不消。

「不曉得李奧怎麼樣了……」

他那邊同樣令人擔憂。因為有愛爾娜在，倒是可以指望她有教李奧怎麼扮演好我。

既然我在演，他們那邊不跟著演就會讓這場戲穿幫。

不過顯而易見的是他們會比我演得更累。與其說李奧不擅長偷懶，他連試都沒有試過。沒經驗的事情到底難為。

「哎，想再多也沒用……」

只能相信他們可以把事情搞定，何況我另有問題得思考。

海龍利維亞塔諾。

那肯定是超過S級的怪物。目前我有想到兩套省事的討伐方式。

由我用席瓦的身分出馬，不然就是請帝國那邊派人代皇帝傳達旨意，讓愛爾娜執起聖劍。兩者擇一。

只不過席瓦要來南部缺乏理由，再說冒險者公會八成還沒有收到委託。另一方面，皇帝要派人代傳旨意也得花時間往返。

兩種做法差不多，難稱上策。

「怎麼辦好呢？」

當我在整理頭緒時，有人敲了房門。拜託讓我獨處啦——儘管心裡這麼想，我還是整理好邋遢的衣服與蓬亂的頭髮，然後用一本正經的語氣回話：

「請進。」

「失禮了。我是前來向您答謝的。」

話說完，身穿禮服的伊娃進了房裡。

原來伊娃恢復意識啦。可以的話，多希望她能早點恢復，那樣我就不必蠻幹了——心裡想歸想，我仍留意不在臉上透露半點訊息，並且試著對她露出親切的笑容。

「太好了，看來妳平安無恙，伊娃殿下。出來走動已經不要緊了嗎？」

「是、是的……呃……李奧納多皇子，感謝您相救。大家都異口同聲表示這次是託您的福，還說您十分和善，而且勇敢。」

「過獎。是我們帝國的船員奮勇出力，救了包含妳在內的生還者，夠格受到讚揚的是他們才對。」

「那……我身為朱利歐的姊姊，要向您深深致謝。聽說您為了救朱利歐，還率先跳進海中。竟有勇氣跳進或許有海龍出沒的海域，常人絕對辦不到這種事，簡直是英雄之舉呢。」

「我只是一股勁地想救人罷了。」

伊娃對我這樣的答覆柔柔地微笑。相對地，我繃緊了臉。

這種情境、這種光景我看過好幾次，雖然那是從局外者的觀點來看。

每當李奧有所活躍，貴族女子就會對他獻殷勤。伊娃的反應與那相近，說穿了就是為其著迷。迷上了連海龍都不怕，如英雄般救了眾多性命的李奧。

希望她別用那麼熱情的眼神看我，畢竟我是艾諾。這樣會造成困擾，非常困擾。

「這、這麼說來，朱利歐公子的病情如何？」

「他剛才醒了，還表示要向皇子致謝呢。他提到您是位理想的皇子，還說希望自己將來也能變得像您一樣。」

「這、這樣啊……」

讓姊姊著迷，還受到弟弟憧憬。慘了，這樣在換回身分時會有麻煩。怎麼辦？我該惹她討厭嗎？

不，那樣行不通。在阿爾巴特羅公國內不能冒犯阿爾巴特羅的公女或公子，何況我要是做出不自然的舉動，也可能讓互換身分一事露餡。

但我再繼續假扮李奧，會加深她的著迷，終至墜入戀情。那一幕我看過好幾次了。

伊娃早已對大國的帥氣皇子眼迷心蕩。

在所難免。像她這年紀的少女容易動情，又喜歡幻想，再加上李奧納多．雷克思．阿德勒也有足夠的本錢能打中這種愛幻想的少女心。畢竟他貴為皇子，長得帥，對人又溫柔，更重要的是無所不能。

前三項我也不會輸李奧，但最後一項就是他跟我的差異吧。沒錯。明明長著相同臉孔，我卻沒有被稱讚帥的經驗。

「李奧納多皇子，站著說話也不方便，能在你房裡坐坐嗎？」

「咦？呃～～……」

沒想到這女孩節節進攻呢。或許她是我不擅長應付的類型。幼時對愛爾娜產生的心理陰影，讓我碰上活潑的女人就怕。當然也怕愛爾娜，不過她跟我是青梅竹馬，彼此熟得很，我勉強還能應付。

可是遇到這種關係陌生又節節進攻的女孩，就有點為難了。

「啊，打擾到您了嗎……？」

「不會，呃……原本我正在寫要呈交到帝國的報告書。我想是抽不出空，卻也受了伊娃殿下的邀約吸引。」

「哇……」

伊娃用雙手捂住發紅的臉。真是夠了……這下子，要我怎麼辦啊？

我到街上跟女人玩樂過好幾次，然而，被主動示好的經驗卻一次也沒有。

我根本不懂該怎麼謝絕對方才算有禮。既然要扮演李奧，又不能傷害到別人對他的感情。

「不好意思，在您忙碌時過來叨擾，我會另擇佳機問候。下次能否一起用餐呢？」

「如果行程能配合，我很樂意。」

我一面帶著笑容回以穩當的答覆，一面在伊娃離去的瞬間匆匆關上門。

「糟了糟了糟了……糟了啦……」

我該怎麼向李奧解釋？難道要跟他說抱歉，公女迷上你了？

不不不，那樣實在不行吧。

得設法斬斷她這種夾雜崇拜的愛慕才行。現在她只是對救了自己和弟弟的英雄皇子心動了，只要我不多事，她的情意遲早會轉淡。

「我要冷靜。我應付得來。跟這種小事相比，我不是解決過更大的問題嗎？我會搞定的。」

我像這樣鞏固決心，並且朝向書桌。說來說去，我現在仍是李奧，姑且得寫信向帝國報告現況。

只是該如何報告呢？要照實將身分交換之事報告上去嗎？不成，那樣寫的話，之前我以李奧身分做的事會在帝國高層間敗露。換言之，憑我的本事想演李奧就能演這一點將跟著洩底。

那是不妥的，非常不妥。我希望再被人低估一陣子。

果真只能用李奧的身分寫報告吧。

「換成李奧，會怎麼報告啊？」

反正報告書送達的時候，事態就已經改變了。我應該一邊報告現況，一邊預估情勢來下筆。

海龍出現大有可能殃及帝國。為了與阿爾巴特羅公國保持良好關係，我也得用全權大使的身分請求父皇批准動用聖劍。感覺要這麼寫才對。可怕之處是在最糟的情況下，當這封報告書送達時，可能已經有一個國家從南方消失了。

「假如公國能趕快委託冒險者公會就省事啦……不過那大概免談吧。」

阿爾巴特羅公國的海洋貿易發達，其海軍強盛，陸軍卻相對脆弱。另一方面，隆狄涅公國正好相反，陸軍強盛，海軍則無法比肩。

所以隆狄涅進攻時，每次都走陸路。相對於好戰的隆狄涅，阿爾巴特羅公國向來是從友邦調借兵員或軍備來應付。因此阿爾巴特羅公國看似獲利甚豐，卻沒有多富裕。

當然他們應該也算不上貧窮，但若是發了委託請冒險者公會討伐龍，要從他國調借兵員或軍備就會產生財政問題。

所以阿爾巴特羅公國不會立刻向冒險者公會發出委託。

為了改善這一點，唯有想辦法解決來自隆狄涅公國的外患。

阿爾巴特羅公國正受到龍與隆狄涅的夾擊，但只要設法擋住隆狄涅就能專注於龍。

「總之先處理隆狄涅吧。」

方針敲定了。

我一面預估後續發展，一面寫起要給帝國的報告書。

6

「帝國第七皇子，艾諾特．雷克思．阿德勒在此拜見隆狄涅公王陛下。」

「噢噢，艾諾特皇子，來得好。據聞令弟的船遭遇暴風雨，希望他平安。」

「謝陛下。」

如此對答的李奧納多用艾諾特的身分向隆狄涅公王問候。

隆狄涅公王是個嘴邊與下巴留了氣派鬍鬚的微胖男子，年約四十過半。名為珈爾洛．迪．隆狄涅。繼承父志延續了長年以來與阿爾巴特羅的爭戰，眼見阿爾巴特羅獲得他國的協助，便主動派了親善大使到帝國，打算向帝國求援，致使艾諾他們出航至此的人物。

「說來倉促，艾諾特皇子，既然令弟不在，使節團便由你作主對吧？」

「是的，自當如此。」

李奧極力避免多說話，只回答問題。

在李奧後面跪著的愛爾娜也對此交代過好幾次。

然而，世道並沒有便宜得光靠這樣就能蒙混過關。

「那麼，我倒希望聽到皇帝陛下的答覆為何。」

話說完，隆狄涅公王便向前探身。

隆狄涅公國已向帝國求援，要對付阿爾巴特羅公國。

對此皇帝的回答是ＮＯ。然而，使節團所送的財寶當中卻混了幾項兵器與設計圖。儘管對外的答覆是ＮＯ，皇帝仍不打算和隆狄涅斷絕關係。當初的用意是如此，但兵器絕大多數都裝載於艾諾搭乘的那艘船，而且全都沉到了海底。李奧在遲疑該怎麼回話，接著他說出了事先想好要在遲疑時用上的說詞。

「關於這一點，我想請本使節團的近衛騎士代為轉達。愛爾娜。」

「在。初次與您見面，公王陛下，我是隸屬於帝國近衛騎士團的第三騎士隊隊長，名叫愛爾娜．馮．奧姆斯柏格。」

「奧、奧姆斯柏格……傳聞中的勇爵家神童嗎……這、這可驚人了。我有聽說帝國會派近衛騎士隨行，沒想到竟是……」

「您沒有想到來的是使用聖劍之人？」

隆狄涅公王對愛爾娜說的話連連點頭。

愛爾娜對此笑了笑，紓解現場的緊張感。單就外表而言，愛爾娜是個嬌憐美麗的少女，這一笑便讓現場氣氛緩和了些。

「請放心，我在帝國外無法使用聖劍。」

「沒、沒有，我不是在懷疑妳……如果有所得罪，我可以道歉。」

「不會，我很清楚我們奧姆斯柏格勇爵家正是如此令人戒懼的存在。而這就是帝國給您的答覆，公王陛下。」

「這、這話是什麼意思……？麻煩妳好好將事情說明清楚。」

隆狄涅公王顯得一頭霧水，愛爾娜便開始向他說明。

「帝國乃軍事大國，而帝國要採取行動，就會動用到像我這樣的近衛騎士或者精銳將領。若要開門見山地說，帝國要消滅貴國或阿爾巴特羅公國都是件容易的事。」

「嗯，想、想當然耳，我自認明白這一點。」

「不愧是公王陛下，天縱英明。然而，我們帝國亦有對手。假設我正式以貴國援軍身分來到此地吧，這樣的話，帝國的對手將樂於協助阿爾巴特羅公國。如此一來，等在後頭的便是兩國相爭至凋敝及南部沒落。」

「豈、豈能如此……」

「很遺憾，這就是答案，公王陛下。由於我們帝國過於強大，一有行動就會牽動到諸國。因此皇帝陛下無法答應貴國請求的支援，若貴國已占優勢更是如此。」

「唔……不、不愧是皇帝陛下，對大陸情勢有深入的研判。但是我得說，光憑我國難以打下阿爾巴特羅公國，因為有他國在援助那個國家。」

愛爾娜對此點頭。

她當然也明白這一點，所以帝國才會派使節團送兵器和設計圖來，意思是要隆狄涅將就。但既然東西沒了，只能靠巧辯讓公王心服口服。

「我們當然明白，因此皇帝陛下的想法是持續加深邦誼，並且逐步提供助力。首先皇帝陛下便派了我過來，意在展現帝國的武威。公王陛下，您覺得如何？敢問貴國對於勇者家系之力是否有興趣？」

「噢噢！原來是這樣嗎！那可好！」

隆狄涅公王總算聽懂其用意，原本消沉的臉色隨之開朗。

如果被帝國拒絕，他非得大幅改動方針。

單靠隆狄涅公國，已經無法打下阿爾巴特羅公國。從長計議的話大概也不是沒希望，隆狄涅公王卻認為那樣不行。

隆狄涅公王認為他非得在自己這一代統一南方，否則他們將贏不過日益壯大的中央諸國，遲早要遭到吞併。

為此公王腦裡已經有了自己一統稱王的藍圖。儘管當中大有野心，卻也是由衷在替南方著想。

而對隆狄涅公王來說，能一睹人類中最強的勇者後裔有何能耐自然是求之不得。

「唔～～但是呢，我國沒有人能與妳一對一交手。所以來打個商量吧，艾諾特皇子，不知道是否能讓我方多派幾人上場？」

「只要她本人願意，我便沒有異議。」

「我並不介意。」

「是嗎是嗎？那就派十人上場如何？這樣總該——」

「明白了。就十個人對吧。」

話說完，愛爾娜便爽快答應了。

隆狄涅公王沒想到她居然會答應得這麼乾脆，事到如今也不好改口，只得從城裡找來十名幹練的騎士。

於是一對十的比試在寶座前的廣闊空間開戰了。

「噢噢噢噢噢噢噢！」

首先發難的是個大塊頭騎士。他手持模造劍衝上去，在愛爾娜看來卻是破綻百出的突擊。

假如是我的部下，得從基礎重新練起呢——愛爾娜心想，一面輕揮模造劍。

光這樣，大塊頭騎士手裡的模造劍就隨著脆響從中折斷。

「咦……？」

劍身彷彿遭利器斬斷的切面讓大塊頭騎士臉色倏地發青。

而愛爾娜不理會大塊頭騎士，只看向剩下的九人。

「我會建議你們同時進攻喲。」

一瞬間，眾騎士曾對愛爾娜的視線生畏，然而他們立刻想起自己是在公王面前進行比試，便豁出勇氣砍向她。

首先有三人從三個方向同時出手。

慢得幾乎要讓愛爾娜打呵欠的攻勢，而她看似隨手掃過就將所有長劍斬成兩截。一再見識到用模造劍斬斷模造劍的神技，剩下的騎士不自覺地後退。愛爾娜便喝斥了那些騎士。

「是騎士就別在主子面前退縮！隆狄涅會因為你們這樣而被詆毀成沒有騎士！」

「好、好的！我們要上了！」

簡直像教官與學生──李奧看著眼前的光景這麼想。

遭喝斥的眾騎士無畏地衝向愛爾娜，於是愛爾娜首度以劍擋招。光是如此，隆狄涅這邊的人就湧上歡呼。

然而，那是愛爾娜的表演。頂多只有她的部下與李奧察覺到吧。

刻意秀出過人的實力，之後再稍微放水給對方面子。近衛騎士在與貴族一類的對象過招時常用這種手法。

所幸隆狄涅這邊沒有人發現。李奧對此鬆了口氣，並且心想這場戲還要演多久而微微嘆息。

「哥應該也吃了苦頭吧……」

他的嘀咕沒讓任何人聽見。對李奧來說，艾諾從以前就能辦到自己辦不到的事情，是個優秀的哥哥。

小時候，有棵沒人爬得上去的樹，孩童間總是在討論第一個成功爬上去的人會是誰。李奧曾拚命練習爬樹，結果當然不用說，包含他在內都沒有人爬得上去，爬樹風潮就這麼消退了。

後來隔了一陣子，李奧卻看到在那棵樹上有受傷的小鳥。

可是，無法爬上去的李奧什麼也做不到。

就在此時，經過的艾諾聽說狀況以後，只叫他等著便跑得不見人影。

沒過多久，艾諾回來了，還當場輕鬆地將小鳥救回巢裡。

艾諾擅自從皇帝房裡借來可以浮空的寶貴魔導具，把事情解決了。

當哥哥的艾諾就像這樣，懂得用李奧想都想不到的方式來解決事情。而換成哥哥要取代自己，應該很容易就能當眾將事情擺平吧。李奧如此一想，便將心思專注於自己所面對的狀況。於是他下定決心要努力裝懶。

7

隔天，阿爾巴特羅公王終於來要求跟隆狄涅調停了。

能隔一段時間固然有幫助，以國家的因應速度而言卻顯得緩慢。大概他們跟隆狄涅之間的過節就是這麼深，但拖到滅國可就沒戲唱了。

「那就麻煩您了，李奧納多皇子。」

「好的，陛下，請包在我身上。」

「不、不過，此行真要走海路嗎……？」

公王用帶有懼色的表情望向海。

目前，我們人在港口。收到請託的我下令準備讓船出航。

阿爾巴特羅公國的人似乎以為我們會選擇走陸路，因而大吃一驚，到現在也還是用難以置信的眼神看著我。

「因為走海路比較快。隆狄涅的公都同樣是港都，兩天工夫就能夠抵達。我不希望多花時間。」

「但……海裡有利維亞塔諾。」

「船上還有向貴國借的魔導砲。何況只要我們什麼都不做，利維亞塔諾應該就不會發動襲擊。換成我在牠的立場，最該提防的就是二度封印。換句話說，利維亞塔諾是把注意力放在公國這裡，請公王務必留意。」

「嗯……抱、抱歉，讓皇子百般費心。這件事就拜託您了。」

「我雖才疏學淺，還請交給我們帝國來處理吧。」

話說完，我便與公王道別，卻有人把我叫住了。

「李、李奧納多皇子！請您等等！」

「這不是朱利歐公子嗎？你起身走動已經不礙事了？」

朱利歐在旁人陪同下現身了，明明他仍需靜養才對。即使如此，朱利歐還是單獨來到我身旁，深深地行了禮。

「我希望在皇子啟程前致上一句答謝。您救了為數眾多的人，我深深感激。」

獲得救助的自己、獲得救助的姊姊。他並沒有談及這些，而是先提到我救了眾多生還者，這種思路跟觀念與李奧有相通之處。

朱利歐應該也一樣良善吧。

「因為眼前有許多人在求助，我只是幫了他們而已，我並沒有做什麼特別的事。」

「即使如此，我依舊讓您救了一命。這份恩情我絕不會忘。」

「……言重了。然而，我並不覺得無所適從。那麼，請你將來再回報吧。」

說完，我學李奧笑了笑然後轉過腳步，而朱利歐再次叫住我。

「李奧納多皇子！我……我希望以您為榜樣！請問要怎麼做才能像您一樣非凡！」

這問題不好回答。我認為李奧是個厲害的傢伙，卻不曾對他有過非凡的評價。兼有長處與短處，李奧就是如此。

不得已，只好實話實說。

「朱利歐公子，李奧納多．雷克思．阿德勒並沒有你想的那麼不凡。儘管有人誇我秉性良善，說我天真的人卻也不在少數。儘管有人稱許我勇敢，但同時也有人指稱我是魯莽而欠深思熟慮。我認為我本身的思維傾向理想主義，要站在皇帝或皇子這種需考量現實做判斷的立場，會是一項缺點。你把我當英雄看待，但我跟你心目中的英雄是不能比的。」

「可、可是……！」

「嗯，我明白。如果公子仍然不嫌棄，我願意提點一二。我對於自己認為正確的事並不會遲疑，我認為這值得驕傲。雖然有眾多臣子能彌補我其他許多缺點，然而王者在決策這方面是孤獨的。所以我若是認為自己正確，就不會對此遲疑。救助生還者時也一樣，我覺得應該救人便救了。無論結果如何，一旦我用這種方式認定自己是正確的，就會當機立斷。若你也想以公子的身分為傲，對自己認定正確的事就不該遲疑喔。」

「好、好的！剛才您說的！我銘記在心了！」

話說完，朱利歐就向我低頭行禮。剛才那些話是我對李奧的實際印象。

老實講呢，我認為李奧不適合當皇帝。曾為皇太子的長兄固然良善，卻能做出避免濫情的判斷。然而，李奧在這一點就顯得天真，他肯定會流於濫情。

然而即使如此，李奧仍不會猶豫。天真與理想主義之類的缺陷，靠臣子都可以彌補。皇帝最需要的是敢於下決策。

沒必要十全十美，不用當強人，更不用智謀多端。只要能夠為了帝國著想而稱帝，並且做得出重大決策就是好皇帝。

所以我才會擁李奧為帝。其餘三名皇兄皇姊同樣有能力，但是他們的私欲都太強。那些人把自己擺在第一，帝國次之，登基後會變成以己為先的皇帝。非得阻止才行。

「我倒覺得跟李奧談這些的話，他會說：『由哥稱帝不就好了嗎？』」

我發出沒讓任何人聽見的嘀咕，並且搭上船。我不適合當皇帝。

既是我的老師，又身為前任皇帝的曾祖父也認同這一點。照曾祖父的說法，當皇帝需要衝勁。既然我欠缺這項要素，縱使能滿足其餘所有條件也不適合稱帝，好像就是這麼一回事。這裡提到的衝勁並非爭奪帝位的衝勁，而是對各項事務的衝勁。換句話說，怕麻煩的人就不適合當皇帝。

我認為完全沒錯。才扮了幾天李奧，我就已經操勞不堪了。我巴不得趕快偷懶。

「出航！目的地是隆狄涅公國！」

我懷著這種念頭，下了指示。只要跟李奧會合就能輕鬆點。

我克制住急躁的心，並且航向有海龍等著的海。

■ ■ ■

出航的日子平安無事地過去了。接著是第二天。

當我們離開阿爾巴特羅的海域，進到隆狄涅公國的海域時，狀況發生了。

從海底突然響起了低吼聲。

「怎、怎麼回事！」

「難道是海在嘶鳴嗎！」

「唔！所有船員，就戰鬥位置！」

船上忙亂起來。相對地，我不慌不忙地離開房間，站上甲板。

這艘船早就設有結界。遮蔽動靜的結界。因為有這招，我才選擇海路。不過，沒想到會在這裡遇上對方。

「大家安靜！現在已經遲了，我們只能撐到對方離開。」

「殿、殿下……」

「牠就在底下。」

看不見蹤影。對方恐怕是在深海移動。

即使如此，倘若我沒有設下遮蔽動靜的結界，船恐怕已經被玩弄到沉沒了。

根據阿爾巴特羅公國留下的傳說，對方具有遠超出五十公尺的長長身軀，並且長著龍一般的翅膀與四條腿，但目前完全無法確認。不過，牠確實在底下。

不只我，現場全員似乎都靠人類的本能察覺了這一點。每個人都屏息不出聲就是最好的證據，大家都有感受到生命危機。龍屬於獵食方，人類屬於被獵食方，這是絕對的法則。

隔了一陣子，我確認利維亞塔諾已經通過。然而，我不會主動說出這一點。結果所有人動也不動地過了一小時以上，然後馬可質疑：「差不多安全了吧？」船才總算開往隆狄涅。

「殿下，我還以為這次實在是完了……」

「對。我沒想到會在這種地方碰上，內心就鬆懈了。」

「是啊。不過，牠為什麼會待在這裡呢？」

「……對那傢伙來說，所有人類都是敵人。牠大概也沒有國家的概念，可能是打算對隆狄涅做些什麼，或者已經行動完畢正要回去。不管真相是哪邊，最好先看成隆狄涅有麻煩了。」

彷彿在佐證我這段不吉利的話，這時傳來了大音量的報告。

「皇子！隆狄涅正受到怪物襲擊！」

「果然沒錯……」

「殿下，即使您有頭緒，下次起可以請您別說出口嗎？」

「讓大家有個心理準備比較好吧？」

「這也可以看成有您說出口，事情就會成真。」

「我可沒有那種天神般的能力。」

我這麼說著，走上甲板望向遠遠可見的隆狄涅公都。

公都確實正受到大大小小的各種怪物襲擊。在這種情況下，有艘船單獨出航擋住了從海上而來的怪物。

懸掛的旗幟是帝國旗。那傢伙下決策果然夠快。

「全速前進！我們要去支援哥！」

「明白了！全體就戰鬥位置！跟阿爾巴特羅公國借來的魔導砲也要預先就位！」

如此開口的船長意氣風發地做出指示。

有借來對付海龍的兵器可用，應該讓他樂壞了。

而我姑且在腰際佩了李奧的劍，卻覺得沉甸甸的。憑我實在揮不動吧。

「來瞧瞧，有沒有機會讓我們把身分換回原狀？」

我這麼想著，率領眾人朝隆狄涅直直而去。

8

李奧能出航應對這個突發狀況，基本上是出於巧合。

當怪物出現的瞬間，李奧正在確認船上裝載的物資。話雖如此，他只是模仿艾諾在嫌棄最後確認的步驟很麻煩而已。

然而怪物出現的那一刻，李奧察覺狀況有異，立刻就下令要船出航。

藉此他成功在海上擋住了幾頭怪物，還設法防止災情擴大。但是，那就代表他的船會成為眾多怪物的目標。

「唔！本船左方也有怪物！」

「隨牠去！現在要專心對付眼前那傢伙！」

船長的指示讓全員轉向前。那裡有條身軀近十公尺長的巨型海蛇。

大海蛇。有些情況下會因為其體型和強度而被稱作偽龍的怪物。這種怪物的級別是依照對人類造成的危害及出現地點而異，摧毀較多船隻，出沒於較深海域的個體可以從ＡＡ級升到ＡＡＡ級。

據說有半數的海難都是這種大海蛇搞的鬼。撇開鮮少出現的海龍不提，牠就是水手最怕的怪物。

可是，牠斷無道理出現在離陸地這麼近的地方。

登陸港口的怪物屬於也能適應陸地的怪物。不過，大海蛇基本上是海棲怪物，牠在陸地上不至於無法活動，但離開海洋就難以存活。明明如此，這條大海蛇會接近陸地異於常態。

「船長！別勉強應戰！引開牠的注意就好！」

「殿下，您這是在為難我們！會怕的話請躲進房裡！」

李奧以艾諾的身分下指示，卻沒有人要聽命於遭到看輕的艾諾。

順利出航的只有這艘船，這艘船沉了便無法應付來自海上的怪物。大海蛇也用不著登陸，只要摧毀港口的眾多船隻就能對隆狄涅造成打擊。正因如此，在登陸的那些怪物被討伐之前，應該專注於引開大海蛇的注意，李奧會那麼指示是來自冷靜的戰況分析，船長卻無視指示，與大海蛇開始交戰了。李奧對此板起臉孔。

「哥平時是怎麼說動別人的……？」

人不會聽命於自己不信賴的人，更遑論在戰鬥中。

不受信賴的艾諾特甚至連出意見都無法讓部下納入考慮。當李奧一邊對其存在感到困惑，一邊想著得先撐過當下時，他看見自己的右手邊有一艘船。目睹那艘船的瞬間，李奧露出笑容對船長強硬地做出指示。

「船長！繞到大海蛇的左側！」

「殿下，我說過請不要為難我們！現在沒那種空閒——」

「你照做就對了！李奧來了！我們要聯手對付大海蛇！」

李奧說著便滿懷信賴地看向開過來的船。

■■■

「船長，麻煩繞到左側。」

「明白了！打開右舷砲門！賞那頭蛇怪吃一頓最新銳的魔導砲！」

李奧看出艾諾的動向，也跟著讓船移向左。

於是艾諾和李奧隔著中間的大海蛇，在錯身而過之際同時發出砲火。時間點抓得分毫不差。

「「開砲！」」

兩艘船在艾諾和李奧的號令下砲彈齊射。

魔導砲是由砲手填充魔力，進而靠魔力發射砲彈的兵器。阿爾巴特羅公國所引進的最新銳魔導砲可以用較少的魔力，發射出威力直達遠方的砲彈。

「好！威力果真厲害！再給我繼續轟！」

船長像孩子一樣叫嚷起來，艾諾在心裡嘀咕這也難怪。水手畏懼的大海蛇正受到圍剿，毫無還擊之力。對水手而言，這應該是要歡慶的一刻。砲擊結束以後，大海蛇直接倒向海裡。

兩艘船發出歡呼，但狀況仍未結束。

「其他怪物朝哥的船去了。船長！能請你跟到旁邊嗎？」

「小事一件！」

「眾騎士準備登船！我們靠白刃戰逼走那些糾纏的怪物！」

艾諾一邊指示一邊尋找馬可。如果艾諾和李奧在戰鬥中交換過來，李奧可就有苦頭吃了，未能掌握狀況，卻有太多事要做。

所以艾諾才要找馬可。不先跟馬可交代一聲，之後事情會很麻煩。

「騎士馬可！」

「在！請問有何吩咐？」

「我要去幫哥解圍，麻煩你從旁支援。」

「原來如此，我明白了。一切都交給我吧。」

短短幾句就聽懂用意的馬可行了禮。有人像這樣不必把話講白也能溝通還真省事，心生佩服的艾諾鬆了口氣。

畢竟艾諾接下來得舉起拿不慣的劍，一路殺到李奧身邊，根本沒空多做說明。

李奧搭的船有好幾隻小型怪物在糾纏。

牠們是判斷那艘船的威脅性比艾諾這邊來得低。

艾諾他們將船靠了過去，並且率著以騎士為主的戰力登上鄰船。

「上！」

艾諾揮下沉重的劍號令。光是這樣，手臂似乎就要出毛病了，艾諾因而板起臉孔。

受不了，虧李奧揮得動這麼重的劍——如此心想的艾諾一直線趕往李奧身邊。

可以的話，艾諾想帶李奧進房間換回身分，事情卻沒有這麼簡單。

「嘎啊啊啊啊啊！」

理應在剛才倒下的大海蛇隨著巨響從海中衝出來。

大量海水落在艾諾等人頭上。

所有人都將目光聚焦於大海蛇。然而，艾諾和李奧除外。

艾諾溜過被水打溼的甲板，連劍帶鞘把手上兵器扔給了李奧。

李奧毫不費事地把劍接到手裡，並且縱身躍起對張開巨口攻擊而來的大海蛇施以重重一擊。

李奧這劍精確地命中大海蛇的眼睛，大海蛇發出哀號逐漸後退。

而李奧在艾諾身旁著地後，就與艾諾背靠背。剎那間，艾諾彎下原本挺直的背脊，李奧則從駝背變成抬頭挺胸。髮型和服裝都被海水淋得一團糟的此刻，他們倆只有這點差異。光這樣就讓兩人完美地換回了身分。

「哥，你很慢耶……！」

「抱歉，我被捲入了麻煩。」

「我倒覺得事情已經夠麻煩了喔。」

「聽完準備嚇一跳吧，還可以更麻煩。」

「哇～～真是驚喜……」

兄弟倆聊了幾句無關緊要的話以後，就有青蛙型的怪物朝艾諾而來。

艾諾向左迴身。李奧默不吭聲地配合他的動作，一劍制伏了逼近的怪物。

「虧你揮得動那麼重的玩意兒耶。我明天肯定會肌肉痠痛。」

「太誇張了啦。哥不是只有把劍帶來嗎？」
「不不不，我有揮喔。」
「只揮了一次吧？趁這次機會來練劍術怎樣？那樣我也會輕鬆點耶……」
「才不要。而且我再也不要跟你換身分了，絕對免談。」
「出了什麼事嗎？哥沒有裝成我亂搞吧？」
「沒有啊，我一直把你演得人模人樣，所以才會累。」
「這我有同感。我努力扮演哥也覺得好累。」
「當你演我卻還提到『努力』這種詞的時候就已經錯了。」
在兩人如此交談的期間，眾騎士動手除去怪物。那麼，之後的事交給你嘍——如此心想的艾諾伸了懶腰，並且醞釀出懶洋洋的神情說：
「李奧～～剩下的交給你了。我去防衛港口。」
「好好好，我來收拾所有事情就行了，對吧？」
「你都懂嘛。陸地那邊會有愛爾娜設法處理，海上交給你了。」
「哥還是老樣子耶。也罷，那就照平時的分工方式吧。」
話說完，李奧回到艾諾搭乘而來的船，艾諾則留在李奧原本搭的船上。
兄弟倆總算就此歸位了。

「殿下，請問防衛線要撤到哪裡？」

「交給你判斷，船長。我要回房躺一躺。」

「什、什麼？」

「隨你高興就好，反正李奧會把一切搞定。」

「……受不了。李奧納多殿下不在的期間，我還以為皇子有變得像樣點……」

艾諾聽著船長微微嘀咕的聲音，對李奧的努力露出苦笑，並且回房躺到床上。結果在這之後，艾諾的船並沒有被戰鬥波及，艾諾便久違地睡了一場懶覺。

9

魔導砲的猛烈開火聲停歇後，我就醒了過來。

走上甲板，戰鬥已經結束。

李奧等人似乎正在尋找是否有其他怪物。

「完事了就趕快回航，我想進城睡覺。」

「唉……大伙撤嘍。」

我被全體船員用傻眼似的目光看待，踏上首度造訪的隆狄涅土地。哎，港口本身跟阿爾巴特羅差不了多少，雖然那邊比較繁榮。

當我思索這些時，愛爾娜就沿著屋頂飛縱而來。

「艾諾！」

「喔～～愛爾娜，辛苦妳啦。」

我揮了揮手對愛爾娜表示慰勞。看樣子登陸的怪物恐怕都被愛爾娜殲滅了吧。倒在四周的怪物幾乎都是一擊被擺平，這就是最好的證據。

「我沒怎麼辛苦喲。辛苦的是你吧？」

「是啊，我可累了。」

到底是青梅竹馬，她好像認得出我是正牌的艾諾特。

居然這麼輕易就被看透，愛爾娜的眼光也不可小覷呢。

我想著這些，抬起頭。於是愛爾娜正好來到裙底會被我窺見的位置。她下面當然有穿黑色緊身短褲，所以看不見內褲。換成李奧大概還是會嫌她不檢點就是了。

「喂，愛爾娜，我想妳別爬那麼高比較好喔。」

「怎樣？莫非你想假裝成李奧？這一招對我可不管用喲。」

「呃，妳不介意就算了。」

愛爾娜不改從容的表情。她大概有絕對的自信吧。
看她這麼有自信，我就想搗亂耶。
「跟你說過沒用的啦！我底下都有穿！」
「嗯，對啊……可是破了喔。」
一瞬間，愛爾娜臉上失去表情了。接著她微微地紅著臉對我抗議。
「我、我才不會吃你這一套！」
「所以我才說，妳不介意就算了嘛。只是呢，妳穿黑色緊身短褲會讓淡色系內褲變顯眼喔。」
「！！！！」
這句話決定了勝負。愛爾娜轉向後頭，偷偷確認起裙底。
基本上愛爾娜喜歡穿白色或淺色系內褲，我想只要隨口提及淡色就能拐到她，她卻完全中計了。
「哪、哪裡！是哪裡破掉了！艾諾～～……？」
「當然是騙妳的啊。要有警覺啦。」
我這麼說著，悠哉地走向城裡。之後李奧應該會跟公王問候，不過到時候他恐怕會提到事態緊急，所以要找哥商量吧。倒不如說，從李奧的處境只能這樣應對。在那之前我閒著也是閒著，就在城裡睡覺好了。
「艾諾……？你要去哪裡呢？」
「去城裡。」
「你覺得我會讓你去？」
「妳的立場反而該讓我去才行吧？」
這裡到剛才都還是戰場，不知道怪物什麼時候會來。
李奧也就罷了，我必須趕快去避難。
「我身邊是安全的，所以你要留在我身邊。」
「妳捫心自問，妳身邊有安全過嗎？我可是好幾次都差點沒命耶。」
「還不是因為你每次都愛耍嘴皮！受不了！為什麼要騙我說褲子破掉嘛！」
「說到這個嘛，我是看妳一臉從容才起了要唬妳的念頭。」
「你這種性子像極了皇帝陛下耶……陛下也常說看人氣定神閒就覺得礙眼。」
「誰教我們是父子。哎，抱歉抱歉，不過，我覺得妳偶爾也該穿穿看款式大膽些的內褲。」
「要你管！」
我被抓住領子前後猛晃。

噢～～世界在搖晃……

當我覺得自己快要失神時才終於被放開。

結果，由於我暫時沒辦法從現場移動，就與李奧一同搭上來接他的馬車。

■■■

「什、什麼～～！海龍醒過來了嗎！」

「是的，陛下。阿爾巴特羅公國的最新銳軍船已經被弄沉三艘，我想這次怪物來襲可能也跟海龍有關連。」

「出、出了這種狀況啊……既然有海龍，我國也無法置身事外吧……？」

我看著慌張的隆狄涅公王，一邊暗自嘆氣。還以為好不容易可以偷閒了，愛爾娜卻提議要我再跟李奧互換身分，還說這樣事情才好辦，導致我現在是以李奧的身分待在公王面前。哎，與其讓李奧來說明，由我扮成李奧確實比較省事。即使如此，我總覺得不服氣。

「是的，因此阿爾巴特羅公王才商請帝國來與隆狄涅公國進行調停。公王陛下，我以帝國全權大使的身分進言。為因應這項緊急事態，請先放下宿怨，與阿爾巴特羅公國締結同盟抗龍，帝國保證會為同盟提供後援。」

「唔……可、可是……」

「難不成有什麼問題？」

「我國真的會蒙受災情嗎？」

「原來如此。我確實拿不出證據。然而來隆狄涅公國的航途中，我遇上了從隆狄涅移動的海龍。雖然當時設法撐過了危機，但從鮮少靠近陸地的大海蛇出現一事來看，這次會有怪物來襲可視為海龍進犯隆狄涅公國的海域所致。」

「但、但是……」

「重點在於海龍的行動範圍囊括隆狄涅公國的海域。公王陛下，通往南部的航路已形同遭到封鎖，您無法理解現況對隆狄涅公國不利嗎？」

可以的話，我不想用這種方式說服對方，但是隆狄涅公王講話始終不乾不脆，急得我連番指出隆狄涅的不利之處。

「航路既已遭到封鎖，貴國就只能透過陸路進行交易。隆狄涅公國雖在半島占有約三分之二的領土，通往大陸中央的門戶卻幾乎都屬於阿爾巴特羅公國的領土。倘若物資運輸變成以陸路為主，會落於劣勢的想必是隆狄涅公國。」

「此、此話當真！」

「航路被封鎖的話，我們帝國也無從提供援助。您是否理解了呢？當下採取旁觀而不打倒海龍就等於接納這種處境。當然您若在這種處境下仍然有自信與阿爾巴特羅公國相爭，我是不會阻止，然而帝國到時候會站在哪一方可就非我所知。」

用決定性的談判詞收尾以後，隆狄涅公王的臉就綠了。

帝國屬於泱泱大國，光是暗示自身動向，大多數的中小國就會驚慌。

何況隆狄涅公國還打算跟帝國求援，剛才的話應該比想像中還要有效。

「我、我明白了！我接受結成同盟的提議！我國在對抗海龍這方面，不會吝於協助阿爾巴特羅公國。」

總算敲定了嗎？這樣阿爾巴特羅公國就可以向冒險者公會發出委託。

倒不如說，再怎麼拖也該發出委託了。委託帝國斡旋就不會抱著失敗的打算吧。

這樣一來，我身為艾諾特的差事就結束啦。愛爾娜和李奧那邊，我已經事先聲明會說服公王，可是在這之後就要讓我隨意行動。為了對抗海龍，隆狄涅應該會派艦隊前往阿爾巴特羅公國，但我並不會隨行。

因為接下來是我暗中活躍的時間。

第四章　討伐海龍

Episode 4

1

「哥，那我走嘍。」

「嗯，你去吧。」

我如此開口與李奧道別。

隆狄涅公王在隔天將艦隊編列就緒了，速度真快。可以說這方面的手腕差異有反映在目前南部的領土上吧。

這次是由隆狄涅公王親自出陣，要前往阿爾巴特羅公國正式進行結盟。話雖如此，最主要的任務仍是對付目前應在阿爾巴特羅那邊的海龍才對。

「艾諾，你一個人不要緊嗎？」

愛爾娜略顯擔心地問。她堅決不肯將視線對著海的方向，好像在當下就已經會怕。

這次馬可也在李奧那裡，我身邊只剩有限的人手。

但是，留在隆狄涅的我身邊不需要能人。

「海龍會特地回到阿爾巴特羅公國的海域，就是把阿爾巴特羅公國視為目標，留在這個國家暫時能安心。我倒是在想，妳沒問題吧？來嘛，看看那邊，海景很漂亮喔。」

「沒、沒事啦！要、要戰鬥的話……我、我可以的！還、還有你說得沒錯……海、海景真美耶……簡、簡直像置身於畫裡……」

愛爾娜望向從港口可見的海，臉色慘綠地講了這種話。她看海的眼睛已經無神了。就算要戰鬥，恐怕也幾乎發揮不了作用，讓愛爾娜在陸地作戰會比較好。哎，這種事情用不著我提醒李奧吧。

「剩下的事交給你了，麻煩你也要顧著愛爾娜。」

「嗯，包在我身上。哥就以逸待勞吧。」

「也對，戰鬥交給你們。設法去了結這樁問題。不然有海龍在，我們也沒辦法輕鬆回帝國。」

我帶著這種調調目送他們倆。

於是在看不到艦隊以後，我就折回城裡，窩進自己分到的房間。儘管我想就這樣一直睡，事態也實在不容許我如此。

姑且施了會讓人誤認我躺在床上的幻術之後，我便從窗口離開房間。

我要到位於隆狄涅的冒險者公會分部。當然不能直接用艾諾特的身分去，要用幻術變成席瓦的模樣再去。但是，普通冒險者知道席瓦在這裡的話會造成騷動，因此在進入分部前，我會用睡眠魔法讓他們沉睡。

等所有人睡著，我便走進分部。

沒有成為魔法目標的櫃台小姐仍醒著，異象卻讓她倉皇失措。

「請、請問您是哪位……！」

「我是隸屬帝都分部的ＳＳ級冒險者，席瓦。我不想引起騷動，所以讓其他冒險者都睡著了。抱歉驚嚇到妳。」

「席、席瓦？那個赫赫有名的『銀滅魔導師』……？」

「要問有不有名，我倒是不清楚。」

話說完，我就把冒險者卡片亮給櫃台小姐看。

櫃台小姐戰戰兢兢地收下後，看見內容便驚呼出聲。

「真、真的是本尊！」

「我已經報過身分了。不好意思，我想借遠話室一用。」

冒險者公會的分部有遠話室這種設備。在設了特殊結界的房間裡，透過中央擺的水晶就可以和總部或其他分部的遠話室裡的水晶接上線。

這是於大陸各地開設分部，以求迅速對付怪物的公會祕傳之術。

「我、我明白了！這邊請！」

能使用分部遠話室的僅限公會職員或Ｓ級以上的冒險者。能單獨對付高階級怪物的Ｓ級以上冒險者，在公會可以有破格待遇。

被領到遠話室以後，我立刻和總部接上線。於是——

「我是ＳＳ級的席瓦，麻煩叫副公會長過來。」

『悉聽尊便。』

總部的職員就是熟練，懂得不慌不忙地冷靜應對。

等了一會兒，水晶便浮現出留鬍子的大叔臉孔。

黑髮藍眼。這個適合用優質中年來形容的大叔名叫庫萊德。

他是以往用Ｓ級冒險者身分跑遍全大陸的強者，目前已經退休在總部當副公會長。

『老弟，你怎麼會從南部的分部進行遠話？』

「我來這裡見個熟人。」

『熟人是嗎？聽你提到這種詞，可真嚇到我了。』

「畢竟我是活人，當然會有熟人。這且不提，我聽到了古怪的傳聞。真有其事？」

『瞞不過你嗎……真有其事。阿爾巴特羅公國正式送來討伐海龍的委託了。目前，總部這裡雞飛狗跳啊。』

「我想也是。總部認定的階級為？」

『預定為ＳＳ級。不過視目標今後造成的破壞，還會提高到ＳＳ級。如此一來，就得發出由多名ＳＳ級冒險者接手的頂級討伐任務了。』

「別那樣。就算能討伐海龍，阿爾巴特羅公國也會被搞得一團糟。」

除了我以外，還會有多名ＳＳ級冒險者聚集。對冒險者公會來說，那也是希望避免的局面吧。他們每個人都強得像怪物，卻欠缺常識。那些傢伙聚在一起，討伐海龍的代價難保不會變成海中生物全數滅亡，或者港都就此一蹶不振，損失規模堪憂。

『我也不想召集他們。說來抱歉，既然你人剛好在南部，能不能幫忙討伐？』

「別講得像跑腿一樣輕鬆。之後我有事要回帝都，到時候方便就可以接下任務。」

『這樣嗎……但我希望能盡早處理。』

「出了什麼問題嗎？」

『……原本這屬於機密情報，不知怎地卻洩漏給帝國了。而且帝國似乎正在討論要出兵救援。』

「畢竟順利介入的話，就可以賣一份大人情給南部嘛。但是……也有可能造成二次災害。」

應該說，損失肯定會加劇。就算派出艦隊，也只會被暴風雨搞沉而已。帝國能做的是派出精銳部隊，然而與其那麼做，還不如交給人在當地的愛爾娜。父皇恐怕正在考慮該不該讓愛爾娜動用聖劍。

『正是如此。冒險者公會希望趕在帝國介入造成混亂之前就把問題解決。』

「我懂你的想法，但我可不打算一直在南部守著不知道會在何時何地出現的海龍。假如牠出現，我可以立刻動身。這樣如何？」

『勉為其難就這樣吧。我這裡會先交代下去。最近帝國因為帝位之爭變得很棘手，可以的話，我不希望讓他們介入。若是接到海龍出現的報告，就麻煩你立刻動身。』

「我會妥善處理。」

我回答完，結束通話。

冒險者公會的機密情報洩露出去了嗎……我有不好的預感。感覺有人想藉機立功。沒有在這個節骨眼巧妙擋下來的話，狀況難保不會搞得一蹋糊塗。我看還是得先回帝都一趟。

「謝謝，那我告辭了。」

「好、好的！」

我向櫃檯小姐道謝後，便離開隆狄涅分部。

等明天就瞬移到帝都吧，去確認菲妮她們的狀況還有帝國介入得怎麼樣了。

萬一帝國是採取動真格介入的方針，以席瓦身分破壞其計畫會影響到自身的立場，並不妥當。

帝國與冒險者公會。如果能顧及雙方顏面將事情解決，那是再好不過。

「哎，要看回去以後的狀況。」

幻術解開以後，我用艾諾特的模樣嘀咕。最糟的情況下，菲妮她們也有可能已經被逼到讓我分不了身對付海龍，還是得回去看看才曉得。

「總之，希望她沒有胡來。」

別看菲妮那樣，她可是會胡來的。愛爾娜在跟吸血鬼交手時，菲妮曾經奮不顧身地爬上鐘樓，連在墜樓時都讓笛子優先於自身安危。

菲妮有不愛惜自己的時候，希望那一面沒有表現出來。

我一邊擔心這些一邊回到了城裡。

2

隔天早上。我聲稱身體不適而窩在房間。

然後我在床上留了幻術，這樣應該就會讓人誤認我一直躺在床上。

緊接著我以瞬移魔法將自己傳送到帝國南部邊境的城市，再從那裡瞬移到帝都。

目的地是爺爺的密室。那裡有熟面孔在，爺爺卻不見蹤影。他大概在書裡休息吧。

雖說是意念體，卻不會一直醒著，因為沒有適度休息的話，精神就會吃不消。

「歡迎回來。」

「瑟帕嗎？為什麼你會曉得我今天要回來？」

「我並不知情，只是每天都等著而已。」

「你說每天……還真是忠於職守耶。」

「不忠於職守就無法擔任管家。」

瑟帕說著便把席瓦的面具和斗篷遞來。

我一邊換上席瓦的服裝，一邊向瑟帕詢問狀況。

「局面如何？」

「派系之爭進展順利。琳妃雅小姐非常優秀。」

「這樣啊。找她加入是對的。」

「是。不過，菲妮大人稍有動作……」

才對。

「菲妮做了什麼嗎？」

從用詞聽來，並不是菲妮本身出了什麼狀況。假如菲妮出事，瑟帕就不會如此冷靜才對。

當我用這套思路讓自己鎮定時，瑟帕就給了回答。

「在琳妃雅小姐的提議下，她們倆和亞人商會的代表進行了一場會談。當時菲妮大人似乎說服了對方的代表……」

「有這回事？我應該有交代過你，別離開菲妮身邊喔。琳妃雅固然可以信任，但要寄予全面信賴還太早。」

「萬分抱歉。如果我和琳妃雅小姐兩人一同隨行，怕是會讓對方起戒心。」

「……哎，算了。然後呢？菲妮怎麼說服商會代表的？」

「據說她拿了自己當交易籌碼。先是端上任意利用自己的權利，再質疑對方能開出什麼條件。結果對方開不出等值的條件，屈服後就爽快地答應贊助我們了。對方的要求是利用菲妮小姐的名號，相當合乎常理。」

「唉……」

受不了，她就會胡來。

我本來就覺得菲妮是個不顧自己的女孩，沒想到會這麼嚴重。假如對方開出與自己相稱的條件，她八成也覺得無所謂吧。

「令人傷腦筋的女孩。」

「你有資格說人？」

話說完，有個微微透明的矮小老人突然現身。

我的師父兼曾祖父，我管他叫爺爺。

「這話是什麼意思啊，爺爺？」

「將自己的名聲視為次要。在不顧自身這方面，你不也是同類？」

「我沒關係啦，用這種立場比較方便行事。」

「敢情那丫頭也懷著類似的念頭吧。自己怎樣都沒有關係，這樣才會比較好辦事。世道總令人神傷吶，瑟帕，老夫就嘆孩子當不了孩子。」

「一點也不錯。」

兩個老爺爺感慨似的一塊嘆了氣。這讓人怪不自在。

氣氛變得活像是我的錯耶。真希望他們別鬧了。

「某人如果能趁在位期間改掉帝位之爭的慣例，我倒是可以永遠當個孩子。」

「倘若代代皆能有賢帝誕生，想必老夫也就廢除陋習了……但世事總是不如人願，因此就有了帝位之爭，以便讓器量不足稱帝者多少還坐得穩皇帝之位。優秀人選雲集才是稀事。」
爺爺強加在後代身上的這套理論未免太專橫了。累積在我心裡的不滿差點爆發，但是發洩也沒用，我只得一聲不吭地走向門口。
「艾諾。」
「怎樣啦？」
「別責怪那丫頭。你會懂的吧？」
「……不用爺爺說，我也都知道啦。」
我根本沒有資格責怪菲妮。
在內心如此嘀咕的我用了幻術隱藏身影，並且離開房間。

■■■

李奧的房間。我和李奧不在時，這裡仍是菲妮她們的據點。
我站在那裡等菲妮，恐怕是跟支持者們討論完事情的菲妮就跟琳妃雅一起回來了。
「！席、席瓦大人？」
「席瓦……」

「日安，菲妮小姐，我有些話要找妳談。」

「好、好的……」

我將視線轉向琳妃雅。

琳妃雅當然是打算陪同聽我談什麼，然而總不能順她的意。

「能否請妳退下，曾在克萊納特公爵領見過一面的女冒險者？」

「很榮幸你記得我。不過，我目前是這一位的護衛。」

「我想跟她單獨交談，請給我時間。」

「……我並不是在懷疑你，卻也沒辦法說退下就退下。還請見諒。」

琳妃雅一步不退的態度十分可靠。假如她在這種情況下輕易退讓，我便不會託她保護菲妮。然而，她現在成了阻礙。

當我這麼想的時候，瑟帕就出言相助了。

「我來護衛菲妮小姐吧。請不用擔心，我不會干擾兩位。」

「……我明白了。」

「那麼，琳妃雅小姐，可以請妳到另一個房間等嗎？」

「……既然瑟帕先生這麼說。」

話說完，琳妃雅才總算從房間離開。

確認琳妃雅走了以後，瑟帕就到隔壁房間。這樣我跟菲妮終於可以獨處了。

「您回來了。艾諾大人會來這裡，表示南方那邊出了什麼事嗎？」

「唉，狀況是不少……但現在先把那些擱到後頭。」

「？擱到後頭？」

菲妮一臉不解地愣愣偏過頭。她大概想不到有更急迫的事情吧。那是因為她將自己的優先度擺在相當後面。

「……聽說妳跟亞人商會的代表見了面。」

「是的！而且我順利跟對方談妥了！商會代表也是個好人喔。」

菲妮說完就笑了笑。那副笑容讓我看了難受。

我明白為何會難受。那像是在看一面映著自己的扭曲鏡子。

我不後悔自己至今所做的事情，因為有必要，而且我往後仍會照做。但我一想到自己帶給旁人的感受正是如此，罪惡感就會隨之湧上。

「……聽著，菲妮，我知道自己不配講這些，或許這會引起反感，但我還是希望妳能聽我說。」

「什麼事？」

「我希望妳能多珍惜自己。」

不折不扣的迴旋鏢。這種話我都不記得自己聽李奧講過幾次了。但我是自願入局，並不像菲妮需要努力將自己的優先次序往後調。

接下來我對菲妮講的話會帶來什麼反應，很容易就可以想像。然而，我還是得說。明知道這是重話，我仍繼續說下去。

「菲妮，看妳不顧自己會令我難受。我知道妳想幫上忙，但妳不必做這麼多。」

「……可、可是，艾諾大人……因為……我都沒有幫到您……」

菲妮帶著快哭出來的臉嘀咕。看到她那樣，我萌生了後悔之意。是我有欠顧慮。因為她都沒有抱怨或訴苦，我才自以為說了也不要緊。

菲妮不曾離開公爵領，來到帝都肯定會覺得無依。即使如此，她仍拚命想要幫上忙吧。對此我什麼也沒為她做過。我帶菲妮出去過幾次？有讓她散心嗎？

我滿腦子只想著帝位之爭。坦白講，連我都缺乏餘裕吧。

母親的話從腦海裡浮現。誰教你總愛逞強。母親在臨別之際這麼說過。我當時敷衍過去了，但我或許確實是在逞強。

我沒有空休息。然而，我應該撥空休息的。

假如這種扭曲的狀況一直持續，或許我就會失去菲妮。

「菲妮……妳是特別的。」

話說完，我摘下銀色面具。只有瑟帕和菲妮能看到我像這樣摘下面具。

瑟帕從一開始就知情，所以得知我真面目的人只有菲妮。

「艾諾大人……」

「能像這樣看我展現兩張臉孔的人，只有瑟帕和妳。瑟帕對我來說是保護者，就像時時刻刻都陪在身邊的父母輩，所以……以外人而言，妳是第一個。而且從妳知道這個祕密以後，就不能算外人了。假如說李奧是我獨一無二的弟弟，妳就是獨一無二的祕密分享者，根本沒有人能取代妳。妳只要陪在我旁邊就行了。光是有個人可以像這樣分享祕密，就讓我感到說不出的寬慰……」

沒錯，我感到寬慰。或許我是在依賴菲妮。這麼一想，罪惡感又隨之增加。

「我……我才沒有多特別……我並不像您或李奧大人那麼傑出……可、可是，因為我知道了您的祕密……所以非得幫上您才行……」

「是啊，妳平時就惠我良多，謝謝妳。不好意思，我應該早點道謝的。」

對人類來說，被需要是一種喜悅，我卻沒有表達給菲妮知道，所以她一直覺得不安吧。得知我的祕密，對菲妮造成了壓力。

因此她便將自己的優先次序越排越後面了。以派系的利益為優先，應該是因為那樣就能取悅我吧。連我都覺得自己膚淺，本身的性格在這種時候會令我生厭。

菲妮聽我說完，淚珠因而從眼裡滴落。眼淚停不下來，菲妮直接用雙手捂著臉，開始抽噎。

菲妮仍是個十六歲的少女。雖說是她本人自願，我把她帶離領地，還讓她參與有暗殺風險的帝位之爭，我有義務要照料她的心靈。

「希望妳原諒我。我自己也缺乏餘裕。」

「嗚……不、不是的！並不是……嗚……艾諾……大人……的錯……」

「那就是我們倆的錯嘍。彼此都要反省。」

說完，我溫柔地撫摸菲妮的頭髮。菲妮是獨一無二的分享者，連反省和喜悅都跟她一起分享就行了。我就這麼一直撫摸菲妮的頭髮，直到她情緒平靜下來。於是——

「……我……已經沒事了……」

「是嗎？」

「是的……我沒事。」

菲妮說著便用哭紅的眼睛直直望向我。

純粹而堅強的眼神，感覺得到堅定的意志。

「請告訴我……南部出了什麼事，我會幫忙您。」

「好啊，拜託妳了。」

如此回話的我毫不保留地開始轉述南部所發生的事。

海龍恐怕近期內會有行動；帝國便有人打算干預南部的異常事態；而我們非得予以阻止。

「大致上就是這樣吧。會策動軍方介入的只有一個人，那傢伙失敗的話也好，但是在前線犧牲的士兵們未免無辜。我認為當下要盡可能減少帝國的介入，由我來討伐海龍才理想。」

「是的，我也如此認為。所以……我有一個主意……能盡可能減少帝國介入，同時又可以拯救南部的方法。」

「真巧，我也有個主意。問題在於能不能說服關鍵人物，我卻沒辦法出面。這件事可以拜託妳嗎？」

「請交給我吧，我會說服給您看的。」

菲妮對我的懇求柔柔一笑，然後優雅地行了禮。

3

我跟菲妮的交談結束後，琳妃雅便過來會合。

琳妃雅注意到菲妮的眼睛有點紅，就對我投以銳利目光。

「你談了什麼？」

「南部有海龍出現。說到這裡，妳就曉得狀況有多嚴重了吧？」

「海、海龍？」

「席瓦大人若沒有接到公會的請託，似乎就不能行動……」

「狀況跟我在東部打倒吸血鬼時不同，南部兩國已經結盟採取動作了。在這種狀況下，我要是以個人身分介入，難保不會讓事態在其他層面複雜化。基本上，就算同為S級的討伐目標，海龍還是比兩名吸血鬼更加棘手。假如要確實將牠收拾，我希望有人擔任支援。」

我一個人要收拾的話，應該收拾得了，但對手是海龍，討伐牠得施展大規模魔法。然而大規模魔法的威力過強，討伐了海龍，卻把周遭海域的生態系毀掉可說不過去。所以為了降低損害，我需要愛爾娜。

「既然要對付龍，這是當然。」

琳妃雅立刻理解事態的嚴重性了。該說她不愧是冒險者嗎？哎，就算不是冒險者，也會曉得龍的威脅有多大啦。

「所以你是懷著何種心思來到這裡？」

「南部有使用聖劍之人。假如她能動用聖劍，靠我和她就足以對付海龍。所以我希望請帝國派人代傳皇帝的旨意。」

「席瓦，你是指奧姆斯柏格家在帝國外無法使用聖劍的限制嗎？你是從哪裡得知這項情報的？在兩位皇子告訴我之前，我可不知道有這種限制喔。」

「只要成為ＳＳ級冒險者，就可以得知普通冒險者無從打聽的情報。對於這個說明，妳服不服？」

「連帝國的國家機密都能曉得？」

「聖劍的限制不算國家機密。這件事並沒有被隱瞞，只是未經廣傳。畢竟要動用聖劍的機會本來就少。」

「……原來如此。我懂了。」

琳妃雅仍用納悶的視線看過來，但她沒有繼續追究。

因為現在追究這些也沒用吧。與其問出我是從哪裡得到情資，收拾南部的問題比較要緊。

「你會特地來訪，表示有事情要拜託菲妮大人吧。應該就是帝國高層打算插手南部紛亂這件事，對嗎？」

「真敏銳。沒錯，正是如此。冒險者公會裡的機密不知怎地洩漏給帝國了，冒險者公會也在警戒帝國的干預。從公會的立場，似乎並不希望帝國有任何干預，但我只求皇帝批准動用聖劍。不過照當前的形勢來看，帝國恐怕會派一名皇族代傳旨意，同時出動軍隊。而這支軍隊是多餘的，我希望設法將其切割。」

「為此來求菲妮大人？你究竟想用什麼手段？」

「爭奪帝位的三人都表示願代皇帝傳旨吧，當中最有望的恐怕是身為將軍的戈頓皇子。話雖如此，就算另外兩人中選也一樣會出動軍隊。要避免那種事發生。我只需要能發揮功用替皇帝傳旨的皇族，以及護衛該名皇族的少數好手。畢竟這點人手用我的瞬移魔法就能立刻送去，其戰力已足以解決這次的問題。」

「換句話說，你想請菲妮大人說服那三人之外的皇族？」

琳妃雅果真厲害，理解力強又能替我省事。

我點頭以後，琳妃雅似乎也姑且認同了。問題在於：要挑誰說服？

「爭奪帝位的那三人絕不會接受我的提議。代皇帝前往傳旨，使用聖劍之人就將海龍解決的話，他們便無法立功。那三人必然會希望率軍出發，因為就算使用聖劍之人有所活躍，最終的功勞也不至於全被搶走。我們最好是找沒參與帝位之爭的皇子。」

話雖如此，符合這條件的皇子不多，絕大多數的皇族成員都透過生母投靠埃里格、戈頓或珊翠菈的派系了。而當中就有一個最佳人選。

「那麼是第四皇子殿下最為合適嘍。」

「沒錯。」

琳妃雅馬上就得出切中要點的答案，由此可見她對當前的帝位之爭也有研究真勤學。第四皇子的生母是皇后。換句話說，他與皇太子擁有相同的母親，與後宮的權力鬥爭無緣。

而且他本身藉著執筆找到了人生意義，對帝位也不感興趣。

說來並不好聽，但是找第四皇子擔任聖劍的搬運工，他應該也不會排斥這種樸素的任務。問題只在於他肯不肯跑一趟帝國外頭，並且到海龍的所在處。這就要看菲妮怎麼說服了。

「那我們走吧。」

菲妮如此開口，她的眼神充滿拚勁。好啦，出發去交涉嘍。

■ ■ ■

「我不要啦。」

有個大塊頭的男子就這麼一口回絕了。

話雖如此，他並不像戈頓那麼壯。塊頭大歸大，肚子卻是挺出來的，在皇族成員中算體型最大也最胖。

肥滋滋圓滾滾。第四皇子杜勞葛多·雷克思·阿德勒就是長成這模樣。

褐髮藍眼，再配副土氣眼鏡。皇族中最受輕視的應該是我，然而最常被嘲笑的恐怕是這個人。

讓人忍不住想問：明明長兄又高又帥，為什麼他卻長成了這樣？

「可是，殿下。」

「就算菲妮女士相求，辦不到就是辦不到啦。因為呢，我目前正在寫一部傑作。」

杜勞哥說著便亮出寫到一半的文章。菲妮乖乖接到手裡，簡單過目以後立刻就說不出話了。沒錯，很遺憾的是杜勞哥並無文才。像他這樣，在馬術或劍術方面還比較有天分，起碼運動神經就比我好，為什麼會搞成這樣呢……

杜勞哥朝著內心無言以對的我看過來。

「看來你就是傳聞中的席瓦？」

「正是。幸會，您好。」

「菲妮女士會來拜託我，可是你出的主意？」

「大致沒錯。在海龍出現的狀況下派軍隊到南部將徒生事端，我便猜想，您會願意只帶少數護衛到南部代皇帝傳旨。」

「著眼點不錯。可是如你所見，我正在執筆傑作。這樣我是抽不出空的，因此兩位請回吧。」

杜勞哥有著搞笑的外表與搞笑的思維，但他並不傻。倒不如說，好歹他也是長兄的胞弟，不可能會笨到哪裡去。他十分清楚我有何用意，進而才用這種搞笑的理由拒絕。為什麼會搞成這樣呢……

「殿下！為了南部民眾及帝國的將兵們著想，拜託您幫這個忙！」

「既然是菲妮女士相求，我便希望答應下來。不過，我是帝國的皇族，而南部的民眾是他國人民，我沒有道理為他們如此付出啊。何況要從軍也是眾將兵自願的，假如因為有危險便要我出馬，那不就沒完沒了嗎？」

他回嘴還挺犀利，寫文章怎麼就不懂得活用這一點？

「這……」

「請回吧。我並不打算出馬。」

「……您在南部的兄弟要怎麼辦呢？」

被拒絕的菲妮仍繼續堅持，而且她看民眾和將兵沒辦法打動杜勞哥，就提到了我和李奧。這比剛才的說詞更能打動杜勞哥。

「妳這麼說就戳中痛處了。不過，艾諾特和李奧納多都已成年，他們會自己想辦法的吧。」

「那麼，並未成年的弟妹們呢？如果您拒絕，我就得去拜託您應該保護的另外幾位皇弟皇妹了。」

菲妮指的是葵絲妲及么弟吧。她表示如果就這麼遭到拒絕，她會去請其中一方出面。杜勞哥聽完，頓時狠狠地瞪了菲妮。

「難不成妳想用弟妹威脅我？」

「您要如何解讀，我都無所謂。」

「……么弟也就罷了，葵絲妲皇妹乃我等皇族之寶。將那樣的金髮美少女送往險境非我所願，倘若做出這種事，免不了要遭受人類同胞的批判吧。」

「是、是嗎……」

太誇張了，杜勞哥又講出這種莫名其妙的話。而且么弟就沒關係嗎？他才十歲耶。我差點忍不住嘆氣，但我設法忍住了。

「然而我正在執筆傑作這一點亦為事實……令人苦惱。」

「既然您會苦惱，就應該採取行動！自古以來，寫出好文章的皆為經歷過非凡體驗的仁人雅士！能幫助到令妹又可經歷非凡體驗，就是一石二鳥！何況殿下若肯為南部挺身而出，聲望也會隨之提高！受到您的名聲吸引，將有眾多文人來拜訪才是！這樣豈不比寫出傑作更有價值？」

菲妮連番舉出益處，杜勞哥聽了便有些苦惱。

「我可以請教妳一點嗎，菲妮女士？」

「好的。」

「妳為什麼會如此積極？為了帝位之爭？或者有其他理由？」

「拯救重視的人脫離險境需要理由嗎？」

直截了當的答覆。杜勞哥聽完有些受到驚嚇，並且點了頭。

「可貴，情操可貴，很好。聽到如此直接漂亮的回答，我杜勞葛多若不出面，將可說是文人之恥。妳的金言玉語我收下了，拿這句話當報酬即可。」

杜勞哥說完就推了眼鏡站起身。

雖然我完全不能理解，但是有某些事物打動了杜勞哥的心吧。

我們就這樣靠著菲妮的遊說，得到關鍵人物了。

4

「父皇！杜勞葛多有事前來相求！請聽我一言！」

「無禮！會議中不容擅闖！還有你太吵了！」

「噫噫噫噫！萬、萬分抱歉！」

「唉……」

闖進謁見廳的杜勞哥帥氣地將對開式大門「磅！」一聲推開，還用大嗓門向父皇搭話，然後就立刻被不遜於自己的大音量轟出來了。

大概是嚇過頭了，杜勞哥有點喘地告訴我們：

「呼……呼……我去把話霸氣地說清楚嘍……」

「嗯，你覺得那樣好就好……」

這個人果真沒有文才。他怎麼能用霸氣來形容自己剛才的狀況，不管怎麼看都是他被霸氣地轟出來吧。

就連菲妮也露出了苦笑。受不了……杜勞哥身為皇后的兒子，腦袋也不差。要不是性格如此，應該也會加入帝位之爭才對。

我感到傻眼，並且靜靜地推開謁見廳的門。門當然有衛兵守著，卻無人敢阻止。因為帝都人民看了我的身影，都會認得我是誰。

「失禮了，皇帝陛下。」

「哼……有稀客到了呢。」

「席瓦在此拜見皇帝陛下。」

「何來拜見，若你是由城門進入，我應該會頭一個接到報告吧？」

「由於情況緊急，我用了略為違反禮節的方式進城。」

「帝劍城乃帝國中心，擅自入侵就算被即刻處以死罪也不奇怪喔。這並非你用一句違反禮節就能帶過的事。你是來送死的嗎？還是來強調自己隨時都能暗殺我？」

「陛下無需以言詞牽制。若您是愚昧之君，我就不會用這種方式進城。明智如您，必不會拿我治罪，更明白我根本無力行刺才對。因此失禮歸失禮，我仍用了非正式的方式進城，對此我向您謝罪。」

帝劍城上層，換言之就是皇帝的起居空間，由於設有強效的結界，瞬移魔法便無法在此處施展。
另外，這四周隨時都有近衛騎士待命，敢動暗殺念頭的傢伙就是腦袋有問題。就算真要那麼做，我也沒把握能得手。畢竟帝劍城有許多連我都不曉得的機關，應該也有防範暗殺的逃生密道。一旦讓目標溜掉，就換成行刺者要被追殺到天涯海角了。我不可能幹那種傻事。
「若您還是無法饒恕，請容我用上次救駕的功勞抵過。」
「嗯，就饒你這次吧。所以你來是為了南部之事？」
「對。據說冒險者公會的情報『不知怎地』洩露出去了，公會的人顯得擔憂不已，深怕諸位皇族將另生事端。」
當我強調「不知怎地」這一節時，父皇便嗤之以鼻。
總會察覺到吧。此刻，父皇眼前有埃里格、戈頓、珊翠菈，情報就是被三人之一探聽來的。
「說帝國會另生事端可就難聽了。我等想拯救南部是那麼要不得的事嗎？」
「我認為那無妨。雖然我不清楚公會有何打算，但諸位施策得宜的話，能獲救的人必不在少數。我是在憂懼帝國施策欠妥的情況。」
「不愧是SS級冒險者，實在傲慢。帝國施策得宜與否，要由你來決定？」

「決定得宜與否的是結果，並不是我。而且施策欠妥的結果將明若觀火。」

我與父皇的視線短暫交錯。再沒有比這更桀驁的態度，然而SS級冒險者就是有權如此。有我在才能保護帝國不受怪物威脅。

即使這次南部出現的問題發生於帝國，有我在，帝國便能免於陷入混亂。所以就算我多少有冒犯之處，皇帝也會睜一隻眼閉一隻眼。父皇的性格倒不會單純因為被冒犯就降罪於人。

「那麼我要問你，何謂得宜，何謂欠妥？」

「說明這一點並不是我的工作，我已經盡可能動用自己的人脈了。那是後面兩位該負責的工作。」

話說完，我當著父皇面前退了一步。相對地，杜勞哥還有菲妮來到父皇跟前。父皇認出菲妮，頓時笑逐顏開。

「看來妳過得不錯，菲妮。」

「是的，皇帝陛下。請原諒我以這種形式拜見您。」

「無妨無妨，妳大可隨時來見我。」

那副模樣恰似父親見到溺愛的女兒。話雖如此，菲妮並沒有稚氣到會將隨時可見面這種詞信以為真，我也不會想利用這一點在帝位之爭牟利。畢竟父皇再怎麼溺愛菲妮，他仍是敢於在對方犯下過錯時將其治罪的皇帝。即使他溺愛菲妮，也不會做出有利我方的決策。

「感謝陛下體恤。」

「父、父皇，請聽我說——」

「你該稱我為陛下，杜勞。」

「呃～～皇帝陛下，請容我直言，希望您能指派我前往南方，以代傳旨意。」

明明菲妮打算從問候按部就班地談正事，這個不長眼的四男居然立刻就把話攤開來講了。或許他是判斷對父皇玩弄笨拙的心計也沒用啦，應該說，希望他有用腦子判斷。

「夢話等你睡著再來說。豬。」

「搶功不太能令人心服呢。」

「敢來礙事，信不信我宰了你？」

原本沉默的三名皇兄皇姊隨即對杜勞哥開口還擊。突然被臭罵的杜勞哥顯得退縮，卻還是不長眼地回嘴。

「啊，妳的口氣和眼神還是一樣潑辣耶，珊翠菈女士……所以才結不了婚吧？」

「小心我把你弄成絞肉餵家畜喔。」

「噫噫噫噫！」

虧他們有膽在父皇面前講這種話，雙方都一樣有種。

在稍欠緊張感的情況下，菲妮清了清嗓讓眾人聚焦於自己。然後——

「皇帝陛下，請問我可以發言嗎？」

「行啊。」

「感謝您。說服杜勞葛多殿下的是我，理由在於派軍前往南部對帝國無利。」

「哦？菲妮，妳要談論軍事？」

「這雖是我的拙見，還請各位撥冗一聽。即使帝國派軍前往南部救援，仍需要花費數天時間才能抵達。海龍若在這段期間被打倒就會白白趕路，假設能及時抵達也一樣要對上海龍，縱使是艦隊也有覆滅之虞。自古以來，抗龍從未出動軍隊，這是因為要對付龍的話，人手質重於量。因此我認為派杜勞葛多殿下前往代傳旨意，准許目前在南部的愛爾娜大人動用聖劍才有利於帝國。」

儘管菲妮說得流暢無礙，這實在不是她自己的想法。倒不如說，菲妮有套類似的思路，卻無法這麼有條理地表達出來。

來這裡以前，我們已經講好由菲妮負責向皇帝說明。要說的內容則是由琳妃雅事先想好，再讓菲妮轉達給皇帝。

「嗯嗯，原來如此，有道理。不過，菲妮，非派杜勞傳旨的理由是什麼？」

「另外三位殿下的地位太尊貴了。這次傳旨的任務是要運送聖劍，交由另外三位殿下去辦的話，難免有損名聲。說來失禮，但由杜勞葛多殿下出面就不用擔心這一點。」

「菲妮女士，這話可真辛辣……不過看在妳可愛的分上，我原諒妳。誰教可愛就是正義嘛。」

「杜勞，你安靜點……」

父皇頭痛難耐似的扶額，一邊囑咐杜勞哥。唉，聽他講話是會頭痛啦，連我也有症狀了。

「陛下，我有事想問蒼鷗姬。」

「准你發問，戈頓。」

「蒼鷗姬，照妳的說詞，由我率軍傳旨不也一樣？為何妳堅持不讓帝國派出軍隊？難道說，妳認為聖劍使用者與帝國軍聯手仍會敗陣？」

「不，戈頓殿下，勝利是無庸置疑。然而，要花費時間。所幸這裡有席瓦大人在。靠席瓦大人的話，可以用瞬移魔法帶傳旨者和數名護衛到南部。現在速度比人數重要。何況我們有帝國最強的聖劍使用者與帝國最強的冒險者，有這兩位在，應該就不需要出動軍隊。當然也能讓帝國的威名傳遍大陸，更不會對帝國造成損失。」

完美無缺。戈頓似乎正在動腦想反駁，但他們三人在這種局面下不會有勝算。因為要講到帝國的利益，再無比這更高竿的手段。

帝國不用遭受損失就能博取名聲。而且正如菲妮剛才所說，其他三人若接下傳旨的任務，擔任聖劍搬運工，就會淪為單純陪襯的角色，有損其名聲與自尊。然而——

「詭辯。我們帝國要獨力拯救南部才能打響名聲喲。我可不想跟冒險者公會聯手。要那樣辦的話，冒險者公會自己動員就行了嘛。」

「嗯，埃里格，你又怎麼看？」

「皇帝陛下，我贊成菲妮的意見，這樣應該對帝國最為有利。珊翠菈的意見不僅會讓帝國與冒險者公會關係惡化，可能還會導致民間傳出帝國……乃至於皇帝陛下度量狹小的風聲。」

不愧是埃里格，看清局勢後立刻就順風使舵，還不忘抨擊珊翠菈。珊翠菈橫眉豎目地瞪他，他卻不以為意。

在這般局面下，戈頓直直望向父皇。

「皇帝陛下，請將一切交給我包辦，我會藉機拿下南部給您看。」

這句話毫無掩飾。戈頓就這麼說破了救援南部純屬幌子，趁機侵略才是目的。對此父皇露出苦笑。

「你可真老實。不過，帝國現在不需要南部。想要的話，等你自己成為皇帝時再拿下吧。這件事就以菲妮提的方案作結。此刻拿南部並沒有多大甜頭，派軍討伐海龍亦無利於帝國。」

「可是，父皇！」

「稱我陛下，珊翠菈。」

「唔！皇帝陛下！我們沒有必要順著冒險者陣營的盤算！」

「上次帝國輕忽公會，因而吃了一頓苦頭。這次就看在席瓦的面子，與冒險者公會聯手吧，他特地來拜託我的。有愛爾娜在，你行事會比較方便吧？」

「是的，要獨力對付海龍肯定相當費勁。」

「那就這麼說定了。杜勞，你上前。」

話說完，父皇卸下自己指頭上所戴的戒指。那是由皇帝代代相傳的魔戒，戴著的時候並沒有什麼效用，但能將皇帝的一部分權能交讓他人。換句話說，這是在指名他人代行職權時所用的信物。

「我命杜勞葛多・雷克思・阿德勒代傳皇帝旨意。你可前往南部，並且將聖劍送交勇者。」

「遵命。」

杜勞哥再離譜也不會在這種時候亂講話吧。

原本提心吊膽的我鬆了口氣。就在此時，傳令進了謁見廳。

「報告！阿爾巴特羅公國出現海龍！冒險者公會要找席瓦大人！」

「來了嗎……」

「席瓦，我會派一支近衛騎士隊擔任護衛，吾兒就託你照料了。」

「請陛下安心，我會將皇子毫髮無傷地送回來。」

「要派護衛的話，我寧可讓美少女隨行。」

「南部就有合您喜好的近衛騎士，還請殿下忍耐。」

「強得超乎常人的女性可不在我的守備範圍內。」

愛爾娜聽了會氣炸吧。

我這麼想著，與杜勞哥他們前往帝都分部。

5

稍微將時間倒回。與隆狄涅艦隊一同前往阿爾巴特羅公國的李奧已抵達公國。為避免造成對方警戒，只有李奧和隆狄涅公王的船進港，並且接受阿爾巴特羅公王的款待。

「有勞您遠道而來，隆狄涅公王。」
「事態這般緊急，我不來一趟可不成，阿爾巴特羅公王。」
說完，兩人便緊緊握手。長年相爭的兩國之王彼此握手，可謂歷史性的事件。在港口附近相互戒備的兩國艦隊也因為王與王順利會面而稍微放緩警戒。
雙方會面算是達成了初步再初步的合作，也讓李奧和愛爾娜鬆了口氣。
「第一階段勉強過關了喲。」
「沒錯。接下來就是該怎麼藉這個局面對抗海龍。」
李奧和愛爾娜一邊交談一邊追隨兩名公王前往城裡。
然而，愛爾娜突然朝海邊回過頭。她的手已伸向佩劍。
隨後愛爾娜倏地拔劍。
「愛爾娜！」
「全體人員戒備！保護殿下和兩位陛下！對方要來了！」
眾近衛騎士聽見愛爾娜的指示便就位護駕。幾乎同一時間，海面上出現了龍捲風。
那道龍捲風出現在隆狄涅與阿爾巴特羅兩國艦隊的中央，將雙方的部分船隻吞入其中。
突發的異象讓所有人都失去話語。
兩國艦隊約有三分之一被吞沒，葬身於海中，接著龍捲風就瞬間消失了。

於是牠現出身影。

「海龍利維亞塔諾……！」

身上鱗片澄澈如水且呈美麗淡藍色的修長龍族就在那裡。

牠長有一對翅膀與一雙手臂，海面下恐怕還有腳。適應海洋生態的龍。以外表而言與蛇相近，卻龐大過頭，光現出身影的部分就超過五十公尺，比傳說中還要大得多，具壓迫感的形貌任誰都為之戰慄。

而利維亞塔諾對那些人類的反應不感興趣，只是緩緩張口。

單是如此，利維亞塔諾口中就形成了一顆巨大的水彈。

跟尋常的水系魔法無從比較。立即察覺其危險性的愛爾娜發出指示。

「迴避！」

眾近衛騎士相信隊長的判斷，當場就抱起身邊的兩名公王撤離。

愛爾娜也與李奧一起當場撤離了。幾乎同一時間，那顆水彈就落在愛爾娜等人方才所待的位置。巨響掀起，該處形成一個有如隕石砸下的巨大窟窿。

李奧和愛爾娜見狀都臉色發青。並非因為自己身陷危機，而是他們察覺了接下來展開的戰鬥會對這座城市帶來何種後果。

「唔！愛爾娜！麻煩妳一面指揮現場一面疏散民眾！」

「李奧！你打算怎麼做！」

「我要搭船出航！至少得將牠的注意力引到海上，不然這座城市就完了！」

「太胡來了！一艘船能有什麼作用！」

「我會指揮陷入混亂的艦隊！他們需要指揮官！」

「那是他國艦隊耶！而且是到最近都還在相爭的兩國！搞不好混亂的軍船會朝著你開砲！」

「哥已經替我促成了兩國的同盟！我不能坐視公國就這樣毀滅！」

李奧說著便拔腿趕去。愛爾娜想叫住他，卻無法如願。

因為利維亞塔諾的第二擊已經來了。那顆水彈越過了港口，正要朝公都中央飛去，愛爾娜便出劍一揮，改變彈道。水彈著地後又在剛才的窟窿附近轟出新的窟窿。

「不曉得能撐到何時呢……」

愛爾娜望著發麻的右臂與一擊就受損的愛劍，嘴裡嘀咕起來。

起碼要有聖劍才行——愛爾娜心想，一邊指示身邊的人手帶公王避難還有疏散民眾，自己則開始應付敵方的水彈。

■■■

「船長！麻煩下令開砲！」

「對那頭巨無霸來說，砲彈也不過豆粒般大啊！」

「但我們還是要拚！」

「您也太強人所難了！靠上去！大伙做好覺悟吧！」

李奧的船聽從命令，貼近到能開砲打中利維亞塔諾的距離，並以魔導砲猛轟。然而，對於長有堅硬鱗片的龍卻連擦傷都無法留下。

但李奧依舊下令開砲。然後他自己拿起了魔導具的話筒。

「告知周圍的隆狄涅、阿爾巴特羅艦隊，我是帝國第八皇子，李奧納多·雷克思·阿德勒！我們正為了引開利維亞塔諾的注意力而發動攻擊！希望兩國艦隊中若還有不怕海龍的船，就隨我一起上！盡力而為！將海龍的注意力從港口引開！有沒有船肯下決心與我一同奮戰到沉沒！」

有艘船率先呼應了李奧的號召。早已朝著利維亞塔諾打舵的那艘船看到李奧的船的瞬間，立刻替李奧提供支援。

「我們願意作陪，殿下。」

那是艾諾闖入港口時，率先趕來制止的船。

李奧這艘船的船長立刻認出對方。
「殿下！是當時那艘船！」
「當時？」
「就是殿下闖進港口時來制止的船啊！」
被船長一說，李奧想起從艾諾那裡聽來的事情。不過，艾諾只提到他曾率船闖入港口，因此李奧只得想辦法接話。
「當時那艘船嗎？」
李奧一邊嘀咕一邊心想：發生過什麼特殊的事情要先講嘛。
然而，李奧也覺得那才是哥的風格。既然艾諾沒有多提，表示那件事情對他而言就不是非說不可。
哥應該還有一大堆沒透露的事吧——李奧如此嘀咕。但是，李奧懷有一份期待。對他來說，艾諾始終是個了不起的哥哥。正因如此，能目睹哥哥所做的壯舉，才讓李奧在內心懷有期待。
怎麼樣，我哥很厲害吧？當李奧這麼想的時候，阿爾巴特羅公國的船就聚集到李奧那艘船的周圍。而隆狄涅公國的船彷彿不想輸給阿爾巴特羅公國的船，也開始聚集而來。李奧目睹這一幕以後，就做了深呼吸發出指示。

「感謝兩國的勇敢軍船。砲火齊射！把利維亞塔諾的注意力引過來就對了！」

倉促編成的艦隊就這樣對利維亞塔諾展開砲擊。可是，利維亞塔諾的眼睛仍然只對著阿爾巴特羅的公都。李奧等人奮力想吸引牠注意，牠卻機械性地不停發射水彈。

港口這邊有愛爾娜設法改變水彈的彈道，即使如此，水彈並沒有被消除。

彈道改變的水彈落在無人之處，還使得現場的建築物與地形逐步變樣。在景象猶如地獄的局面中，有一名迷途少女來到冒險者公會的阿爾巴特羅分部。話雖如此，分部早已半毀，職員也都去避難了。

然而少女還是朝分部的深處走。那裡有遠話室。那塊地方在許久前報告過海龍出現以後就已遭到擱置，而那名少女——伊娃在那裡當場跪下懇求。

「拜託……拜託各位……無論誰來都沒有關係，請救救我們的國家……再這樣下去，我們的國家就要滅亡了……！我國民眾將全數被海龍帶來的災禍吞沒……！無論誰來都沒有關係……請救救我們的國家……拜託各位接下討伐海龍的委託……！」

跟護衛走散的伊娃遠離避難民眾，來到了這個地方。

因為她曉得冒險者公會有可以跟遠方分部聯絡的遠話室。彷彿向神禱告的伊娃就在那裡不停地誠心懇求，她能仰賴的只剩冒險者了。

倘若是公會旗下的ＳＳ級冒險者，應該就能設法解決這種狀況。

伊娃如此心想，便一直開口央求救援。而那些央求的話語超乎她意料，傳到了整座大陸上的冒險者公會分部。建築物半毀的時候，讓遠話室切換成向所有分部發訊的模式了。原本這種通訊模式是用來發布會殃及大陸全土的頂級危機，如今卻將伊娃的懇求傳到了整個大陸。

伊娃的懇求不只傳達給公會職員，也讓待在分部的眾多冒險者都聽見了。

聽見她的懇求，有些冒險者想出力幫忙，但他們沒有法子趕到南部。而且那在帝都分部也一樣。

「混帳……！」

「就沒有辦法幫幫他們嗎！」

「少囉嗦！再吵也改變不了現狀吧！」

「你說這什麼話！有女人正在求救啊！」

「吵了就有辦法趕去救人嗎！」

原本在喝酒的冒險者們聽見冒出來的少女懇求聲，便詛咒起自己的無力。

他們開口謾罵，一邊叫囂一邊喝酒，就等有誰能出聲接下委託。

然而，伊娃的懇求在這段期間仍不停播送。這是宣告緊急事態的通訊模式，因此會發布至全體分部。

職員們也露出沉痛臉色。在這種情況下，有個來到分部的男子闊步往公會內走去，然後同樣以發布給大陸全土的通訊模式給了回應。

「我立刻就到，妳等著。」

這對伊娃來說是意外的答覆。沒想到真的會有人來救援，而且對方還說立刻就到。

當伊娃不懂這是什麼狀況而感到混亂時，她身旁的空間就出現了裂縫，從中冒出一個戴著銀面具、穿黑斗篷的男子。

「你是……？」

「隸屬帝都分部的ＳＳ級冒險者，席瓦。我是來接受委託的。」

這陣回話聲當然也傳到了所有分部。

剎那間，眾多冒險者對於有人代表他們趕到而發出歡呼。

6

當我啟程時，菲妮留在城裡目送我。

因為她明白接下來就算跟去也沒有用吧。

相對地，菲妮用只有我能聽見的音量小聲嘀咕：

「請艾諾大人路上小心。我等您回來。」

「嗯，我走嘍。」

經過這樣的對話以後，我就帶著杜勞哥和隨扈近衛隊騎士前往帝都分部。當我走進帝都分部時，伊娃的聲音忽然傳進耳裡。

「——無論誰來都沒有關係……請救救我們的國家……拜託各位接下討伐海龍的委託……！」

我立刻發現伊娃用遠話功能在發布訊息。

而且這是傳達規模遍及全大陸的危機時才會發布的緊急警報，恐怕是有什麼理由才會啟動吧。不知道伊娃是否知情，她就這麼向眾多冒險者發出求救。在公會聽見求救的冒險者們有的懊惱，有的吵了起來，有的則在喝酒，情況能有多亂就有多亂。

被怪物襲擊的少女在求救，自己卻救不了她。對於從事冒險者這項職業的人來說，這無非是屈辱。因為冒險者的使命就是拯救像這樣需要幫助的人，受到無力感苛責，使他們心裡都懷著從中而生的焦躁。

對此我感到相當釋懷。世上有為了爭奪帝位就與親人互鬥的愚蠢家族，也有聽見少女懇求而蒙上無力感的這群好傢伙。令人痛快。

所以我代表那些人走進分部的遠話室，開口說了一句。

「我立刻就到，妳等著。」

講話的同時，我就在分部造出瞬移用的裂縫。

相通的地點是位於南部國境的公會分部。

「我們走，第四皇子。」

「很好。少女求助的聲音不容忽視。」

話說完，我走進瞬移的裂縫，便抵達南部的公會分部。

所有人都一臉詫異，但是我毫不在乎地又造出了與阿爾巴特羅公國分部相通的瞬移裂縫，並立刻進入其中。

於是我來到毀壞的公會分部後，就與跪在地上的伊娃目光相接。

「你是……？」

「隸屬帝都分部的ＳＳ級冒險者，席瓦。我是來接受委託的。」

伊娃隨之瞠目，淚水卻立刻從眼裡盈現。

看到她那樣，就曉得她有多麼不安。

「妳付出得夠多了，趕快去避難。」

「好、好的……但是，我弟弟……」

「弟弟？」
「他說要盡自己的一份力，就進了城裡……」
我總覺得有不好的預感，隔了不久，杜勞哥就帶人追上來了。
從臉色來看，他對瞬移似乎挺滿意。
「哦，這裡就是南部啊。所謂的瞬移魔法實在優秀呢，席瓦。」
「請您別感嘆了，趕快批准動用聖劍，第四皇子。」
「事情可沒有那麼簡單。愛爾娜女士聽不見我講話是沒有意義的。」
「那我們到醒目的地方去吧。」
如此打算的我決定先離開半毀的公會分部，就發現外頭兵荒馬亂。
港口附近的建築物毀壞嚴重，海上則有巨龍。
「塊頭好大耶。你真的能打倒牠？」
「憑我一個人應該很吃力。」
當我們說這些時，海龍嘴邊就浮現了水彈。
可是尺寸大得誇張。水彈怎麼會巨大成那樣？
「比之前發射的還大！」
我聽見伊娃說的話，就開始準備防禦魔法。讓那種玩意兒砸在市區的話，災情可不是光用慘重就能形容，多得是還來不及逃亡的民眾。

該怎麼吸引牠的注意呢？在我思考時，從城堡頂層傳來了聲音。

「看我這裡！利維亞塔諾！」

那聲音是朱利歐發出的。他應該用了擴音的魔導具吧。

朱利歐手裡有過去用於封印利維亞塔諾的魔導具。

利維亞塔諾侵襲阿爾巴特羅公國的理由，恐怕就是害怕被再次封印，還有報復自己曾陷入長期沉眠一事。朱利歐明白其心思，才會故意採取醒目的行動，好讓海龍將目光轉向自己。即使知道自己會死，朱利歐仍想保護市區的民眾吧。利維亞塔諾轉動眼珠，將他的身影納入眼裡。

『原來在那邊啊，令吾沉睡的可恨道具。雖然似乎已失去力量，要讓吾再次沉眠可不成。自此消失吧。』

利維亞塔諾說完，又將尺寸已相當可觀的水彈凝聚得更為巨大。

那就糟了。我一邊準備防禦魔法，一邊造出瞬移的裂縫。

『魯莽的孺子。看在你的膽識，吾會讓你毫無痛苦地泯沒。』

話說完，利維亞塔諾朝著城堡頂層發射了超巨大水彈。

同時我也鑽進瞬移的裂縫，出現在朱利歐面前。

「請原諒我先走一步……父親、母親、姊姊……」

「要謝罪等見到面再說。」

我對閉上眼覺悟受死的朱利歐這麼撂下話，然後施展出巨大的防禦魔法。那是一道護盾。

藍銀配色的護盾在城堡前出現，力抗利維亞塔諾發射的水彈。

〈此盾乃神之大盾．人人皆知其名．它即是守護的代名詞．為保一切弱者而鍛造．故眾神亦不得破之．故此盾無敗無敵．其名為——埃癸斯之盾。〉

在我唱誦盾名的那一瞬間，護盾綻放光輝。於是利維亞塔諾發射的超巨大水彈輕而易舉就遭到化解。朱利歐被那一幕嚇得癱軟。

而伊娃似乎是擔心朱利歐，就穿過瞬移的裂縫過來了。

「朱利歐！」

「姊姊……」

「太好了，太好了……！我還以為沒希望了……！已經沒事了喔……有人來幫忙了……救兵趕到了……！」

「救兵……？」

「看來兩位是阿爾巴特羅公國的雙胞胎殿下？」

「是、是的……我叫朱利歐．迪．阿爾巴特羅……」

「冒險者公會派了我過來。我是ＳＳ級的冒險者席瓦，而這位——」

「我是帝國第四皇子，名叫杜勞葛多．雷克思．阿德勒。」

從瞬移裂縫出現的杜勞哥這麼做了自介。報上姓名的架勢很有威嚴，他的眼睛卻一直盯著伊娃。淚汪汪的美少女對杜勞哥來說好像得分相當高。

雖然我想扁人，但是在立場上辦不到，只好開口叮嚀：

「第四皇子，請趕快辦正事。」

「呃，讓我多鑑賞一下美少女也無妨吧？席瓦，你這道護盾還挺能撐的不是嗎？」

「我可以讓殿下獨自到盾外喔。」

「那就困擾了……不得已嘍，來履行身為皇族的職責吧。」

杜勞哥說完就握住朱利歐之前用的擴音魔導具，並且一把抓過來。這時候，杜勞哥才首度看向朱利歐。隨後——

「這麼說來，朱利歐公子，你剛才的行為值得嘉許。能像你為民眾奉獻至此的人，就我所知只有現已亡故的兄長。故在此當下，我願效法你的精神，當一名能讓民眾引以為豪的皇族。」

話說完，杜勞哥便開始使用擴音魔導具。在這段期間，利維亞塔諾仍在準備下一波攻擊，偏偏杜勞哥卻慢條斯理地演講起來。

「此刻在阿爾巴特羅公國的所有人，我是帝國第四皇子，杜勞葛多．雷克思．阿德勒。諸君若聞此聲，且聽我道來。」

我希望杜勞哥講快點，但是召喚聖劍得經他批准，再由愛爾娜確認才能執行。

為了確實完成這項步驟，讓杜勞哥和愛爾娜得知彼此的所在處會比較好。

因此接下來要讓杜勞哥呼喚愛爾娜，呼喚完畢前非保護他不可。

「紛亂局面中，我前來此地是要代父親，亦即皇帝陛下傳旨。不為拯救這塊土地，不為保護這個國家，那並非我的使命。我只是來宣達皇帝的旨意。」

利維亞塔諾大概是認為單靠一擊的力道不管用，就改以無數水彈發動了波狀攻勢。我這邊也以無數魔法陣悉數承受。在這段期間，杜勞哥的演講仍毫無停頓。

「此地可有我國騎士？可有勇猛果敢的騎士？可有精悍體壯的騎士？可有愛惜名譽的騎士？可有騎士想打破這番局面？此時此刻，可有騎士願意拯救眼前無端受苦之人？有就報上名來。拯救此地的榮譽，將以我的名義授予前來領命的騎士！」

無人回應他的話。不可能沒人聽見。

在此地的所有騎士應該都巴不得領命吧。

然而，被允許在此地接下杜勞哥這道號令的人就只有一個。

「在這裡！殿下！能呼應您號令的騎士就在這裡！」

於是愛爾娜一劍劈開逼近的水彈，身段俐落地出現了。

杜勞哥認出她的身影就點了頭，並且裝模作樣地用單手比劃。

「報上姓名！」

「愛爾娜・馮・奧姆斯柏格願呼應殿下號令！」

「很好！奉皇帝約翰尼斯・雷克思・阿德勒旨意，杜勞葛多・雷克思・阿德勒在此代為下令！執起聖劍吧！勇者！」

剎那間，愛爾娜將手臂舉向天空。極光隨即從天而降。

接下那道光芒的愛爾娜緊握在手中緩緩化為實體的劍，並且低喃：

「感謝您，殿下。」

「免禮，愛爾娜女士，這是皇族的職責。好了，接下來我要在這裡觀戰。帝國最強騎士與帝國最強冒險者，能見識這對搭檔聯手對抗龍，感覺會是不錯的執筆題材。」

話說完，杜勞哥就露出平時那種有些噁心的笑容。

而我一邊對杜勞哥苦笑，一邊飄浮在空中看向朱利歐。

「那麼，朱利歐公子，我的委託人是你們兩位，因此我先做個確認……打倒那頭海龍也不要緊吧？」

「！是、是的！請盡情動手！」
我聽完朱利歐這樣的回答，就與愛爾娜一同轉向利維亞塔諾。

7

「要是你敢扯後腿，下場我可不管喔，戴面具的冒險者。」
「那是我要說的台詞，女勇者。」
「啥！我怎麼可能扯後腿啊！」
「是嗎？但我看妳似乎陷入了苦戰嘛。帶皇子過來傳旨的是我，妳就老實地道聲謝如何？」
我的挑釁之詞讓愛爾娜氣得肩膀發抖。哦～～發火了發火了。
我藉愛爾娜氣呼呼的模樣取樂，並且在整座阿爾巴特羅的公都設下防禦和治療結界。愛爾娜似乎奮力守住了，民眾集中的地方並無災情。然而即使如此，受傷的人仍不在少數，到處逃竄的人也為數眾多。
不過公都內已經比先前多了幾分鎮定。因為杜勞哥用虛浮誇張的言語來批准愛爾娜召喚聖劍，救兵趕至的消息已經傳開。

杜勞哥並不是刻意要造成這種效果的吧。發表那種演講對他而言有一半算是興趣，另一半則是傳旨所需的表演。杜勞哥的職責就是盡可能誇大其辭，展現出帝國的威信與存在感。他只是盡了本分。

即使如此，公都的混亂能趨緩仍是杜勞哥的功勞。

倘若他沒有那種令人遺憾的性格，我倒希望擁他為帝。

「你有在聽嗎，席瓦！」

「嗯？怎樣？妳說了什麼嗎？」

「哎呀，這樣啊……莫非你想表示我講的話不值一聽？」

愛爾娜青筋暴跳地露出笑容。而我對她苦笑，並且問道：

「不好意思，我在思考其他事情。依妳的個性想也知道，反正就是要討論怎麼打倒那頭海龍吧？」

「既然你都了解，快點回答吧。有沒有什麼對策？沒有的話就照我的方案嘍？」

「倒不是沒有，不過先讓我見識勇者的手腕吧。需要我做些什麼？」

「總之你就一面保護公都一面吸引牠注意。我會斬了這頭海龍。」

「我當誘餌嗎？真符合妳的作風。」

我如此回話，稍稍站向前。

愛爾娜大概是解讀為我接受了，就當場跟著移動。

『竟有人類能擋下吾的水彈。驚奇。』

「我也感到吃驚。龍是有靈性的怪物，你為何執意走上與人類相爭一途？」

『哼，因為吾被迫睡了不情願的覺，若不雪恥就會喪失龍的尊嚴。吾是君臨於所有生物頂點的龍！豈能讓人類小覷！』

「尊嚴是嗎……無聊透頂。那有比性命還重要？」

『聽你這口氣，彷彿是有能耐贏過吾？』

「贏得過啊。別把人類看扁了。」

在我答話的瞬間，利維亞塔諾面前就浮現了大量水彈。

數目不下一兩百顆。表示牠先前都沒有認真嗎？

『吾再說一次。龍豈能讓區區人類小覷！』

「我也再說一次吧。別把人類看扁了。」

話說完，我就在自己背後展開數量幾乎相同的魔法陣。八成是一擊的力道會被我擋下，牠才想百彈齊發。

「可別以為比花招能贏我喔。」

『你這人類！』

無數水彈與魔法在公都上空對轟，場面有如會戰。

雙方都欠缺致勝招式的消耗戰。聲勢減弱，利維亞塔諾就會補上水彈，而我則接連追加魔法並布下彈幕。不知情的人看了或許會以為是特殊的煙火，迸散在天空的火花就是如此繽紛。

『唔！狂妄之輩！』

利維亞塔諾說完就大大張開嘴。先前的水彈終究屬於牠的能力，而非龍族特有的攻擊手段「吐息」。總算逼牠祭出王牌了嗎？

當我這麼想時，水就在利維亞塔諾口中逐漸壓縮。於是水被壓縮成小小的球狀後，水之吐息便像光線一樣從中發射。

我用了重重相疊的防禦魔法想讓彈道偏移，水之吐息卻視為無物似的貫穿所有防禦，朝我射來。

「真的假的！」

我立刻撤離現場，水之吐息掃過我原本所在的位置，輕易射穿公都後方的山頭。

「好險……」

看到那一幕，我不免冒出冷汗。將我重重相疊的防禦魔法貫穿後還能有那種威力，太離譜了吧。那算是經過超高壓縮的水刀嗎？看來那堪稱利維亞塔諾版的聖劍，無論切什麼都像切奶油一樣，還能貫穿。這樣要打防衛戰就不利了，必須趕快動手決勝負。

那一招無法連發也是難免吧，利維亞塔諾抓準我的空檔，發動水彈攻勢。而我將其化解，並且望向天空。愛爾娜正在那裡聚精會神。

看來她是動真格要斬了這頭龍。好久沒見到愛爾娜如此專注了。只不過——

「快點動手啦……」

水彈的勁道與保護杜勞哥時簡直不能比，我一邊設法化解一邊開口抱怨。

但是，如今愛爾娜的耳裡也聽不見這些聲音。當我和利維亞塔諾停頓的那一瞬間，愛爾娜就從天上展開俯衝。她的目標當然是利維亞塔諾。

『少得意！』

利維亞塔諾朝愛爾娜發射水彈，愛爾娜卻以最小的動作閃開。隨後她往利維亞塔諾的頭部劈下聖劍。

目睹耀眼的聖劍，利維亞塔諾大概是判斷有危險，牠扭身閃避。然而，利維亞塔諾龐大的身軀不可能完全躲開，軀體硬生生被劈開，左側的翅膀也跟著被砍斷了。

『咕喔喔喔喔喔！』

疼痛與震驚讓利維亞塔諾沉入海裡。現在是最佳機會，我們該趁勢追擊，但……

「她喔……」

有意追擊的愛爾娜從天飛降，卻又好似心生畏懼而飛回天上，這一套奇妙的動作正不停重複著。而我湊到愛爾娜的身邊。

「果然妳在海上就無法發揮。」

「要、要你管！會怕就是會怕嘛，有什麼辦法！」

利維亞塔諾將大半部身體沉在海裡，要追擊就必須貼近海面。然而，愛爾娜辦不到這一點。原來她之前聚精會神就是為了這個。假如不能一劍解決，就非得追擊了。真受不了這女的……

「不得已，我們互換角色吧。」

「別、別瞧不起人！由我主攻，你來當誘餌！我才不要跟你換！」

說是這麼說，愛爾娜卻一直沒有展開追擊。

當我傻眼地嘆氣時，愛爾娜忽然察覺了什麼。那就是──

「席瓦……你為什麼會知道我怕水？」

啊……

我不小心就用平時的調調跟她對話。

扮演席瓦至今，這是我最大意的一句話。

8

趕在不妙及糟糕之類的字眼從腦海冒出來以前，我先告訴自己：要冷靜。

要冷靜。冷靜下來就不會有問題。我再三告訴自己，並且極力克制住內心的動搖。

目前我用的身分是席瓦，並非艾諾特。

既然如此就不用多辯解，辯解的話反而不行。因為席瓦沒有什麼非隱瞞不可的事。

「妳會介意？」

「這還用問！誰告訴你的！」

「我既沒有義務也沒有道理向妳透露。」

我露出從容的笑，還留意要保持席瓦的風格來應對。戰鬥中的愛爾娜不能不防，連細微的措辭都有可能被她看穿，假如讓她察覺不對勁就完了。

考慮到愛爾娜的性格，我不能在這個時間點被她拆穿身分。

「你說什麼！」

「瞧，海龍似乎有動作嘍。再繼續跟我爭可以嗎？」

「唔！之後我一定會要你交代清楚！」

「看我到時候的心情啦。」

我巧妙地敷衍，讓愛爾娜把注意力轉向利維亞塔諾。

接著我代替愛爾娜降落在海面，並站到正要重整陣腳的利維亞塔諾面前。

我在此時微微呼了口氣，然後用右手按著劇烈猛跳的心臟。調適呼吸，設法讓心情平穩。受不了，沒想到愛爾娜比龍還要令人心驚膽跳，不愧是最強的青梅竹馬。雖然是我自己有所疏忽啦。

之後要怎麼應付都行，我可以答都不答就用瞬移開溜，也可以編一套動聽的謊話。我個人的危機已經過了，只剩眼前的海龍要解決。

『可惡……吾上回負傷是何時之事……何況竟敗在人類手上。』

「我不就說了，叫你別看扁人類。」

『吾吃過一劍才察覺，那女孩是斬了魔王之人的後代。手中長劍令吾生厭……』

「不然你有何打算？要撤退嗎？」

『別惹吾發笑……畏懼人類而退縮這種事，不能發生於龍族身上！』

話說完，利維亞塔諾就張大嘴巴發出咆哮。

龍哮。那是能令萬物生畏，足以擊潰心靈的一吼。膽小的人聽見應該會嚇得昏過去。實際上，利維亞塔諾周圍的艦隊就已經軍心大亂。這下不妙。我希望他們能盡快撤離，但是絕大多數的船都還留在戰鬥海域。

『敢傷及吾的身軀，你們就要付出代價！』

「你先挑起戰端的耶，真蠻橫。不愧是龍族。」

我一面回嘴一面緩緩降低高度，因為還需要爭取一點時間。

「女勇者，把耳朵湊過來。」

「你要幹嘛……？」

「何必跟我保持距離？」

「說不定你會突然推我到海裡啊……！」

愛爾娜宛如有戒心的貓，跟我保持距離還打起哆嗦。

希望她別在這種重要關頭擺出像貓咪排斥洗澡一樣的反應。受不了。

「我不會做那種事。要同時對付海龍與勇者，我就實在沒自信了。」

「誰信你！」

愛爾娜說歸說，對於利維亞塔諾的警戒也仍未放鬆。

利維亞塔諾一張口，就發出先前的水之吐息。

我一面用防禦魔法使吐息減速，一面趁機跟愛爾娜從現場脫離。

利維亞塔諾的吐息直達天際，斷開雲層。遭直擊的話應該撐不過片刻吧。要是讓牠在市區發射那種玩意兒就完了。

「難道你有什麼對策嗎！」

「妳能不能再砍牠一劍？」

「辦不到。牠已經有戒心了，就不能用同一招。只要不是在海上，跟牠周旋的方式可多了……」

愛爾娜提振精神看向海，卻立刻怕得垂下肩膀。

在這段期間，利維亞塔諾仍朝我們射出大量水彈。我將那些統統化解，並且向愛爾娜提出主意。

「那只要不是在海上，妳就拿牠有辦法吧？」

「你想怎麼做？」

「將海分開。」

「啥！」

愛爾娜一臉難以置信地大叫，然而遺憾的是我很認真。

我也想過要將海龍封進結界再移到半空，但那樣讓牠溜掉時就麻煩了。

說來說去，對方畢竟是條龍，雖然翅膀受了傷，要飛恐怕還是能飛。

「我會用結界隔離一部分海水，這樣妳要作戰就沒問題了吧？」
「照你的意思，莫非海中央會造出一個中空的箱型空間？」
「就是那樣。」
「結界解除的話呢？」
「妳會泡在海中。」
我淡然地告訴愛爾娜，她嚇得臉頓時緊繃。八成是想像了那種情境吧。
「我才不要！說不定你會在打倒海龍後就解除結界啊！」
「我不會做出那種跟帝國作對的行為。基本上，只要是帝國的騎士，都會明白現在不是耍任性的時候吧？」
「唔……這個嘛……」
「我欠缺致勝的招式。即使要唱誦魔法，應該也會受牠阻擾。花太多時間會增加災情，我倒認為這是為彼此好喔。」
「……叫我信任你？」
「是啊。麻煩妳信任我。」
「面對一個連真面目都不露的人，是要我怎麼信任嘛……」
愛爾娜怨怨地瞪我。別這樣，錯不在我。

我也不想逼有恐水症的女人到海裡，但是簡單的辦法只有這招。沉默片刻的愛爾娜嘀咕了一句：

「——講清楚，我有恐水症這件事，你是聽誰說的？」

「……可是對方要我保密耶。」

「反正你說就是了！」

「唉……是艾諾特皇子。我在隆狄涅時跟他交換過情報，當時聽他說的。」

「艾諾？他會告訴你？先聲明，艾諾才不會輕易信任他人，更不會把重要情報透露給不信任的人。假如你敢扯謊，我可不饒你喲。」

講得真難聽耶。唉，雖然確實如她所說就是了。

「我並沒有扯謊。要怎麼做才能取信於妳？」

「……當艾諾把我的弱點告訴你時，是怎麼說的？」

我沉默了一會兒。要把愛爾娜的弱點告訴別人時，我會怎麼說？有什麼樣的理由，我才會向他人揭露弱點？

思考到這裡，我隨口就答出來了。

「他是說，有個令人操煩的青梅竹馬要請我關照。對於患有恐水症的妳，他應該也有付出一份關心吧。」

「！」

一瞬間，愛爾娜紅了臉，並且低下頭。

「他就是愛操心……受不了……笨艾諾……」

愛爾娜嘀咕兩三句以後就發出嘆息，並且緩緩地開始降下高度。

「這可以當成妳答應了嗎？」

「對，但是並不代表我就信任你了，我只是信任對你寄予信任的艾諾。既然他覺得可以把我的弱點告訴你……也罷。雖然有點令人不爽，是艾諾的話就可以原諒。」

話說完，愛爾娜直接降落到利維亞塔諾身邊。

即使說是身邊，利維亞塔諾本來就身形龐大，就算到了牠的頭部附近，離海面仍然有距離。不過，這對愛爾娜而言已經接近死地了吧。

趕快來施法吧。以利維亞塔諾和愛爾娜所在的位置為中心，我造出四方形的結界，然後將範圍逐漸擴大。

海水被逐出結界而分開，原本在海龍身旁的船也因而從這塊海域離去。於是當結界完全探及海底，就能看見陸地了。

『哼！設下結界要與吾一對一，可真是意志剛毅。難道妳就這麼有自信，女孩？』

「我才沒有自信喲……這我敢保證。在我經歷過的戰場中，這裡可是條件最惡劣的地方……」

愛爾娜會這麼說，我倒不是無法理解。

縱使水不會進入結界，四面八方都被水牆包圍著，在愛爾娜看來應該無異於地獄。

然而，愛爾娜還是把聖劍舉至上段的架勢。

「不過，就算這樣……我還是要與你一戰！因為我總不能讓青梅竹馬再繼續替我操心！」

愛爾娜說著就將魔力灌注於聖劍。

聖劍把她的魔力轉換成燦爛耀眼的聖氣，光輝越漸增強。

『唔！這是——！』

「星之聖劍……解放你的力量……以助我討滅敵人！」

話說完，光芒便逐漸匯聚於聖劍劍身。壓倒性光量集中到聖劍之刃，那已經與太陽相近。愛爾娜就這麼握著劍，一直線展開突擊。

『別小覷龍族！』

利維亞塔諾也用水之吐息迎擊。

可斬斷萬物的水之吐息逼近愛爾娜，愛爾娜卻以聖劍擋下，而且她還順勢繼續向前衝鋒。

『什麼！』

「喝啊啊啊啊啊！」

聖劍連利維亞塔諾的水之吐息都迎面劈開。於是愛爾娜加速了。

「光天集斬！」

愛爾娜使出必殺一擊，將身長超過五十公尺的利維亞塔諾一刀兩斷。

然而，還不只如此，她連我設下的結界都輕易斬斷了。

「嘖！」

我降落在海水倒灌的結界裡，並且抱起愛爾娜往天上避難。

「欸！你放手！」

「海水當前，虧妳陷入恐慌還講得出這種話。起碼說聲謝謝怎麼樣？」

「在這種狀況下救人是你的責任吧！別講得好像我欠你人情！基本上，還不是因為你設的結界太脆弱！」

敢用脆弱兩字對我的結界置評，在大陸上不曉得有幾個人夠資格這麼說喔。至少我可是第一次被這麼數落。

我差點就拿出平時的調調回嘴，但還是設法忍住了。何況事情還沒完。

「脆弱算我的錯。因為妳打破結界，現在又要費一番工夫。」

話說完，我堵住結界的破洞，然後讓結界從海中抬升，再開一個小洞以便讓結界裡的水流出。於是，愛爾娜看似納悶地望向我。

「你這是在做什麼？」

「龍的軀體能賣好價錢。這還是被認定為S級的龍，要復興城市應該夠了吧。」

「哎呀？我還以為你討伐完就會把賞金占為己有，原來不是這樣。」

「一般是要歸討伐者所有，但這次情況特殊。應該給遭受損害的國家運用。」

「嗯～～……我稍微對你另眼相看了。原來你也有這種心思。」

「我跟某個只懂揮劍的女勇者可不一樣。」

「啥！」

愛爾娜氣得肩膀顫抖。

在這種局面中，我仍將利維亞塔諾的屍骸輕輕地擱到毀壞的港口。之後再讓愛爾娜替我說明用意就行了吧。好啦，差不多也該告辭了。

「那麼，恕我失陪。」

「等一下！你跟艾諾究竟是什麼關係！」

「要問這個嘛……我們是共謀關係。有相同的圖謀，正合力在實踐。進一步的事，妳要問他本人。至於他肯不肯回答，得看妳自己吧。」

話說完，我就用短程瞬移前往阿爾巴特羅公國的城堡。

本來我是認為不能把杜勞哥放著不管……

「伊、伊娃女士……下、下次，能不能請妳當我的模特兒？要、要是妳能把我當成哥哥，並稱呼我兄長，創作起來就無往不利了……！」

「咦……呃，這個……」

好，我看就丟下他吧。早早放棄杜勞哥以後，我重返自己在隆狄涅的房間。

我迅速換掉衣服，再對那套服裝施加幻術，收進行囊裡。

扮演席瓦的形跡全部清理掉以後，我才倒到床上。

「啊～～……這次也一樣夠累的……」

我就這麼在嘀咕間入眠。感覺好像忘了什麼要緊的事，但我已經連思考那些的體力和氣力都不剩了。

9

「糟了，糟了啦……！」

討伐海龍後過了幾天。接獲聯絡的我從隆狄涅啟航，來到了阿爾巴特羅公國的港口這裡。然而，我內心懷著天大的隱憂。

「我居然會忘記交代這麼重要的大事……！」

沒錯，我忘了交代李奧某件事。那就是伊娃已經迷上他的事實。

要忙的事情實在太多，使我漏掉了這種個人性質的私事。

照李奧的能耐，我想他是可以巧妙應對，無奈這事牽涉到男女情感，難保不會因為一點小差錯而把關係弄僵。何況伊娃貴為公女。

利維亞塔諾似乎是在隆狄涅艦隊抵達後，隆狄涅公王從港口登陸沒多久就出現了。表示李奧和伊娃在那個時間點不會有交集。可是，問題在於後來這幾天。以伊娃的個性不可能毫無動作。

「千萬別在應對時露出馬腳啊……」

我一邊心想，一邊登陸阿爾巴特羅公國。在形象安排上，我仍是初次造訪，因此就裝得滿臉稀奇地望向四周。

於是來接風的李奧走向我這邊。而在他旁邊——

「嗯嗯嗯？」

有伊娃眉開眼笑地跟他在講話。

搞什麼？出了什麼狀況？為什麼他們變要好了？是怎麼打好關係的？

該不會是這樣吧？在李奧的觀念裡，女人主動向自己獻殷勤屬於常態？所以受到伊娃追求，在應對上也就沒什麼好大驚小怪？其實李奧覺得自己帥到魅力無法擋嗎？

當我對弟弟的奇葩觀念感到震驚時，伊娃過來問候了。

「初次見面，您好，艾諾特皇子。由於父親事務繁忙，才會由身為第一公女的我，伊娃潔莉娜．迪．阿爾巴特羅過來迎接。請直呼我伊娃就好。」

「沒、沒問題，請多指教……」

「哥，乘船來此辛苦你了。想談的事情固然不少，但你要先休息嗎？」

「好啊……畢竟我受了一點刺激……」

話說完，我便前往安排好的馬車。

伊娃和李奧似乎還有後續行程，就兩個人一塊離開了。

哎，令人傷感。

「我弟的心靈受了汙染……」

「殿下，您在說些什麼？」

「是你啊，馬可。聽著……李奧變成花心皇子了……」

「雖然我很好奇您是透過什麼樣的思路才會得出這種結論，可是我若沒記錯，讓伊娃公女迷上李奧納多皇子的人不就是您嗎？」

「嗯？原來你有發現？」

「任誰都會發現啊。她到處找騎士打聽您的事情，而且那張臉正是少女墜入愛河的臉孔。」

「原來如此。有這麼明顯啊。」

這就表示——我直盯著馬可的臉。

「如您所察。我事先將內情轉達給李奧納多皇子了。」

「哦～這麼有能？」

「您之前都認為我無能嗎？」

「倒不是那樣啦。哎～是嗎是嗎？得救了……我擔憂的就只有這件事。」

「那太好了。因為我對於接下來的問題愛莫能助。不過，既然皇子並不覺得擔憂，我也感到寬慰。」

馬可說著就打開馬車的門，車上有心情明顯不佳的愛爾娜等著。一瞬間，我腦裡真的浮現了開溜的選項，但是不用瞬移魔法就逃不過愛爾娜，我便立刻死心了。

「……馬可，我多了一項擔憂。」

「請問是什麼呢？」

「聽了包準你吃驚。我有生命危險。」
「我已經習以為常了。等您落入垂死邊緣，我會再出手相救的，請殿下放心。」
「對這種情況習以為常也太奇怪了吧！要是我暴斃，根本救不回來啊！」
「不要緊，她會手下留情的。」
馬可說著便推我的背。我連抵抗都無法抵抗就被迫上了馬車，跟愛爾娜獨處。
「……嗨，愛、愛爾娜……」
「……」
愛爾娜保持沉默。這樣看來，她完全生氣了。理由我懂，因為我把她的弱點告訴席瓦吧。
被愛爾娜默默瞪著，使我尷尬地在她面前坐了下來。然而，愛爾娜卻用眼神催我坐旁邊，因此我又戰戰兢兢地坐到愛爾娜旁邊。
就我所見，馬車設有隔音結界，在進行密談時會用上的。
這次要談的話題會相當深入──當我這麼想時，愛爾娜開了口。
「你有沒有什麼話要說？」
「嗯～～妳沒受傷吧？」
「！我、我怎麼可能受傷嘛！你以為我是誰啊！」

愛爾娜有些臉紅地大聲嚷嚷。

我談的話題似乎跟愛爾娜預料中不一樣，她用微微的音量嘀咕：害我心思都被打亂了啦……

「妳起碼也會受傷的吧？或許機率確實比普通人來得低就是了。再說看就知道這次的主戰場在海上，所以我才擔心。說不定妳會嫌我多事啦，但是我有拜託席瓦照料妳。假如惹妳不高興，我道歉。是我有錯。不過，會擔心妳的人頂多只有我吧？妳可是我寶貴的青梅竹馬，起碼讓我擔個心啊。」

「什麼嘛……你這樣講話很賊耶……我聽完還生氣的話，不就顯得沒度量了？」

「呃，妳就是沒度量啊，事到如今何必懷疑。」

「艾諾～～？再跟我耍嘴皮，小心舌頭被砍下來喲～～」

「好的……我不耍嘴皮……」

愛爾娜稍稍拔出腰際的劍，還帶著笑容開口威脅。那股魄力不下龍哮，膽子小的人要是面對此刻的愛爾娜，同樣會嚇得昏過去吧。

然而，愛爾娜卻跟受怕的我呈對比，總覺得她滿臉開朗。明明坐在馬車時，她一直都擺著不好伺候的表情。

現在看起來心情甚至還不錯。

「算了。你把我的弱點告訴那個戴面具的冒險者，這件事我可以不追究。可是呢，讓我不爽的並不是那部分喔。你明白我想說什麼嗎？」

話講完以後，愛爾娜就直直地朝我望過來。

說出來是不太中聽，不過她直到剛才都像在鬧脾氣，此刻卻不同。

被她用夾雜擔心與生氣的目光看著，我發出嘆息。

「席瓦跟妳講了多少？」

「他說自己跟你有共謀關係。既然你都把我的弱點說出去了，表示對他相當信任吧？告訴我，你們究竟在打什麼主意？」

「……非講不可嗎？」

「非講不可。否則我就不讓你下馬車。」

「是嗎……那就不得已嘍……我和席瓦的共同目標是要讓李奧稱帝，而且彼此都有在暗中活躍。」

「暗中活躍……？」

「沒錯。用妳討厭的陰險手段。我利用自己的皇族身分，對方則利用ＳＳ級冒險者的身分，各自在暗中活躍，有時也會佯裝巧合聯手拉人入夥。克萊納特公爵家就是這樣拉攏來的。」

愛爾娜曉得我打算擁李奧為帝。

她當然也知道，我們正在跟其他三名繼位人選進行派系鬥爭。不過我在那方面終究只是李奧的輔佐。

有別於輔佐的角色，我還在背地裡勾結ＳＳ級冒險者搞這些手段，愛爾娜應該想都沒有想到吧。她說不出話了。

「東部發生吸血鬼風波時，我就有和席瓦互相聯絡。這次也是，那傢伙願意為李奧出力。不過，李奧要是直接和席瓦接上線難免會引人注目，所以才有我提供偽裝。」

「……李奧知道這些嗎？」

「姑且有交代。但是，他並不知道我用的手段比想像中更陰險。這次席瓦原本待在南部，但我為了於帝位之爭得利，就請他去了帝都。還讓他跟菲妮等人聯絡，阻止另外三名繼位人選率軍南下。我以爭奪帝位為優先，就造成了眾多的犧牲。」

「……那終究是為了求生存？你真的覺得……令兄和令姊會殺你和李奧？」

這是愛爾娜的最後確認。以往我對愛爾娜交代過這些，然而她內心還是存疑的吧。我說自己險些遭到暗殺，感覺她也不盡然當真。愛爾娜應該是把刺客來襲解讀成對我的恫嚇。

至少，過去愛爾娜跟我們在一起時——換句話說，就是皇太子在世的時候，皇族間並沒有這種風氣。埃里格曾經與皇太子切磋琢磨，當時的他卻不是一個讓人覺得會謀害設陷的哥哥；戈頓身為武人也是個直腸子的男兒；當魔導師的珊翠菈更是潛心修練。

沒錯，當時曾一片和平。然而，皇太子逝世後空出了帝位，以往他們三人被皇太子威望所掩蓋的野心就湧出來了。

而且在長達幾年的帝位之爭過程中，他們都失去了良知。這我敢斷言。

「那些傢伙必定會殺我和李奧，我們身邊的人也一樣會遭到毒手……所以我無論用任何手段都要讓李奧稱帝。我在慶典時就警告過吧？別牽扯進來。妳就快要越線了喔。如果再繼續為我們撐腰，妳本身自然不說，連奧姆斯柏格勇爵家也會被視作政敵。這樣妳甘願嗎？」

「……奧姆斯柏格勇爵家不參予政事……我從以前受到的教誨就是如此。家裡要我以劍立身。」

「是啊，明智之舉。勇爵家於好於壞都過於強大。」

「不過……有件事是我已經決定好的，艾諾。我從以前就有一件事絕對不會對別人讓步。」

「那是什麼事？」

愛爾娜做了深呼吸。感覺她正準備說出某種驚天動地的話。

但是，我無法阻止她。因為我從未留下成功阻止愛爾娜的前例。

「艾諾，我不會棄你不顧。我在小時候就這麼發誓過。就算這道誓言會與皇帝陛下衝突，我也不會讓步。假如你說要讓李奧稱帝是認真的，我就會協助你。假如你說自己什麼都肯做，我也什麼都肯做。家會礙事的話，要我捨棄家名也無妨。我會讓我的誓言優先於一切。」

「……妳不配當近衛騎士呢，而且也不配繼承勇爵家。這樣好嗎？」

「我是個頑固的人喲，你很清楚吧？」

「也對……坦白講，妳肯懷著這麼深刻的覺悟相助，實屬可貴。可是，麻煩妳暫時先安分點。要是獲得勇爵家全面支持，我們會成為最大派系。那樣難保不會讓所有政敵發動總攻擊。」

「這點道理我也懂啦。我會不著痕跡地幫忙啊。」

「可是我覺得對妳來說有困難。」

「不要瞧不起我！我做得到啦！」

愛爾娜說著便挺起胸脯。那模樣實在靠不住。

不過，應該這樣就好。愛爾娜是劍，能否活用端看用劍之人（我）。

「嗯！我心裡暢快多了！既然事情已經說定，就來努力吧！」

「我說過，目前妳先別強出頭……」

「有什麼關係嘛，鼓起鬥志而已。啊，對了，我已經成為實實在在的合作夥伴嘍，所以對我不可以有所隱瞞。艾諾，你沒有事情瞞著我吧？有的話趁現在說。我現在可以原諒你。」

「嗯～～……有啦。妳成為近衛騎士時，我送過真珠當賀禮吧？」

「是啊，那是你專程跑遍各地找到的對不對？」

「其實因為我嫌麻煩，那是叫李奧去買回……唔喔！」

「差勁！」

腹部遭到使勁狠揍，我在馬車裡疼得死去活來。

不是說要原諒我嗎……

然而，這話說不得。關鍵的部分設法瞞了過去，痛到臉皺在一起的我隨之放心。

我跟席瓦是同一人物這件事勉強沒有穿幫，進而又得到了愛爾娜的全面協助。

這趟南部之行大有收穫。

我一面這麼想，一面戒備返回帝都時要迎接的情勢。

李奧這一次立了大功。

恐怕還有獎賞可領。如此一來，父皇看待他的方式也會有所改變。

應該會從新派系轉變成跟另外三人比肩的第四名人選吧。

這樣的話，以往沒有把我方視為多大威脅的埃里格就會有動作。

今後帝位之爭將更添激烈。

像這次的疏忽不容許再發生。

我將腹部的疼痛當成教訓，警惕自己。

終章

Epilogue

返抵帝都的我獲得許多人迎接，接著才回到了自己的房間。由於有瑟帕警戒四周，在這裡就可以放鬆。還有人彷彿理所當然地待在我房裡，那就是菲妮。

我靠向沙發，深深地吐了氣，而菲妮笑吟吟地望著我，並且泡了紅茶端過來。日常的景象固然稀鬆無奇，卻讓我無比安心。

「總算回來嘍……」

「呵呵，您辛苦了。」

菲妮說著便把紅茶遞給我，看似心情甚佳地站在我身邊。我不明白她為什麼心情會這麼好，就一邊喝茶一邊問：

「妳似乎心情不錯嘛。」

「您說我心情不錯？對呀，我想是不錯。」

「有什麼好事嗎？」

「艾諾大人回來這裡了啊。」

「？當然要回來吧，這可是我的房間。」
「是的，這裡是您的歸宿。艾諾大人，我沒辦法像愛爾娜大人那樣保護您，頭腦也不像琳妃雅小姐那麼好。往後我肯定還是幫不上多大的忙。」
「菲妮……？」
原來她還在介意這種事？我看向菲妮，但她的臉色並不悲觀。那反而是一張開朗的臉，使我感到困惑。
「因此我打算做自己辦得到的事。這裡是屬於您的歸宿。不用當無能皇子，也不用當帝國最強的冒險者，而是讓您做回您自己的歸宿。所以我會待在這裡，待在反璞歸真的您身邊。我會努力提供能讓您感到舒適的空間，在您出門時送行，在您回來時迎接。我會祝福您武運昌隆，也會慰勞您的辛苦。」
「……那就麻煩妳了。光是如此，我便能得到救贖。」
「是的。我是隻鳥，停留於您這棵樹。所以只要您能回來，我便覺得歡喜。您沒有回來的話，我就無處停留。因此，請您記得回來這塊地方喔，從今以後都一樣。」
「妳這話挺有意思的嘛。既然這樣，我會努力啦。聽到妳需要的並不是廢渣皇子，也不是席瓦，而是原原本本的艾諾特……那我怎麼能不回來呢。」
我這麼回答以後，菲妮便柔柔一笑。而且她緩緩將自己的手疊在我閒置的手上。

「不知道……將來會不會有那麼一天，可以讓艾諾大人在這個房間以外的地方展現本色呢……？」

「這可難說了……起碼要等到我們在帝位之爭獲勝才會結束，就算李奧贏得帝位，我還是保持無能才安全，省得被大臣或貴族盯上。」

「這樣啊……」

菲妮說完便垂下目光。我看到她那張哀傷的臉，就牽起她的手。

「不要緊，無能就無能。總比被人虎視眈眈好，而且我有妳在。只要妳肯與我分享祕密，就沒有任何問題了。」

「可是……我希望艾諾大人能在將來獲得帝國上下的稱許。」

「那樣也有那樣的麻煩。功績獲得認同，就會有差事落到我頭上。我已經把一輩子的勤奮都用在這場帝位之爭了，結束以後就要活得無拘無束，這是我打定的主意。所以沒必要那樣。或許我會向親近的人吐實……但頂多如此。我這樣就滿足了。」

其他我什麼都不需要，我只想要無異於帝位之爭開始前的日常生活。我是為了那樣的日常在奮鬥。

「有妳、李奧和愛爾娜這些親近的人在身邊，而且大家都過得開心就夠了。我想要慵懶地望著那一幕。當下，我正在為此努力。我不會讓任何人死，無論對手是誰。」

話說完，我用力握住菲妮的手。我肯定是在害怕吧。我並沒有堅強到能夠忍受自己喪失些什麼。參與帝位之爭以後，要保護的事物變得愈來越多。

扮演席瓦專心討伐怪物的那段時光快活多了，我只需要用古代魔法將怪物轟走。但現在不同。

光靠魔法解決不了的問題在我面前堆積如山，一有失誤就會讓他人受到傷害，並且倒下。

「艾諾大人，我相信您，李奧大人和愛爾娜大人肯定也是。所以我們一起加油吧。您並不是孤單的。」

菲妮說著就朝我笑了。這時候我才發現，自己在應該放鬆的地方也依然繃緊神經。該休息的時候就要休息才行。連這種事都沒有察覺，我還有得磨練。

「抱歉……」

我放開菲妮被我緊握著的那隻手。然後我深深地靠在沙發上，並且向她拜託。

「能不能再來一杯？」

「好的。當然可以。」

「……這次在精神上夠煎熬的了。其實我跟李奧交換過身分。」

「跟李奧大人交換身分？感覺怎麼樣呢？成為李奧大人以後，您有什麼感想？」

「休想再有第二次。」
「呵呵，真像您的風格。感覺李奧大人也會有同樣的想法。」
「我看也是。誰教那傢伙都一派正經。」
我一邊跟菲妮這麼閒聊，一邊分享自己在南部遭遇的事情。
她是祕密的分享者，好事和壞事都會跟我一起分享，因為她是支持我的人。

■■■

「真是……白費了一堆工夫。」
話說完，第三皇子戈頓就露出不悅之色。而戈頓的幾名親信都聚集在他身邊。
「畢竟用大量錢財從冒險者公會的職員那裡套出了情報，結果卻未能派出艦隊啊。明明殿下的提議一過，就可以發動戰爭……令人憎惡。」
如此發話的是個略胖的軍人。在場者皆為軍方的鷹派主要人物，為求取自身的發達亨通而打算對他國發動戰爭的一群人。
「陛下在皇太子殿下亡故之後，就變得怕事了。導致各地都有風聲流傳，認為帝國武威已衰……」

「示弱就會被騎到頭上！這正是大陸三強之間的關係！帝國非強盛不可！應由戈頓殿下繼承帝位，將名列諸強的帝國導向霸權！這才能造福帝國，為何別人就是不懂！」

「一點都不錯！尤其是李奧納多皇子那派！後來才厚著臉皮出頭，卻在騎士狩獵祭還有這次都妨礙到戈頓殿下，好處全被他們搶走了！陛下必然會論功行賞吧！到頭來，解決問題的明明是勇爵家的神童和席瓦！」

「只要戈頓殿下與艦隊一同出擊，不僅能解決問題，還可奪得南部的領土……然而李奧納多皇子光是在場就將功勞納入手中了，怎能讓人服氣！」

戈頓的親信們各自陳述不滿。那些話戈頓都有聽進去，他卻朝眾人笑了一聲。

「哎，罷了。反正我方也有收穫。」

「您說收穫？」

「對，上次和這次的事，兩件事都有席瓦替李奧納多撐腰。看來那傢伙中意的就是李奧納多。那些傢伙能急遽拓展勢力，也要歸功於席瓦吧。」

「SS級冒險者竟來干預帝位之爭，不可饒恕！」

「哼，用不著在意。席瓦並不是傻子。身為古代魔法的使用者，他應該明白自己正立於凶險的均衡之上，所以他不會明著幫助李奧納多。他能做的就是等問題發生再出面因應……那樣太遲了。帝位之爭的情勢瞬息萬變，他們發展再快也就只能走到這一步。」

到頭來，只要發動戰爭就是我贏。」

「正是如此！不愧是戈頓殿下！」

「跟埃里格皇子差距再大，也都可以靠戰功翻盤！李奧納多皇子和珊翠菈皇女根本用不著您來對付！」

「沒錯，我是軍人，跟其他三人不同。戰場才是我發揮的場地，只要創造出場地，帝國就歸我所有。」

戈頓說著便笑了。埃里格的派系主要以文官為後盾，要跟他規規矩矩地爭權，對戈頓來說是不利的。

既然如此，就沒有必要在對手擅長的領域搏鬥。打一場戰爭，要緊的是把對手拉進自己擅長的環境與局面。

「之前委託該組織的兵器進展如何？」

「關於這一點，據說進度很順利。完成之前要請您再稍候一陣。」

「不必急，帝國樹敵眾多，戰爭遲早會發生，到時候父皇要靠的就是我。混亂時局需要的是強人皇帝，一切都有利於我。無論用任何手段都要加強軍備，將帝國軍打造成值得讓我率領的軍隊。為此利用可疑的組織也是一條計策。」

話說完，戈頓露出笑容。自信滿滿的表情絲毫沒有自己會輸的危機感。

「我方該小心的是埃里格皇子，還有第一皇女呢。」
「哼，那女人在皇太子死後就等於被拔掉了獠牙，不足為懼。」
戈頓說著便撇開了勸他慎重的意見。然而，提出意見的部下卻繼續說：
「不過……軍方至今仍有許多人敬愛第一皇女，就算發生戰爭，戰功也有可能會被那位皇女搶走……」
「你想說我不如那個女的嗎？」
戈頓說著就露出了憤怒的表情起身。他手裡已經抓起擱在身邊的劍。
部下察覺自己觸怒了戈頓，才聲音發抖地倉皇後退。
「萬、萬分抱歉……！請、請殿下恕罪！」
「把這傢伙攆出去。我不需要沒眼光的部下。」
「請、請等一下！我說那些只是想勸您要保持警戒！」
「這就叫多餘。」
話說完，提出慎重意見的部下就被帶到外頭了。見狀，戈頓動作粗魯地坐回椅子。
「窩在東部國境的女人根本不配與我為敵。等我當上皇帝，就要頭一個將她處刑。皇族裡不需要兩名將軍。」
戈頓說著便露出傲慢的笑容，然後跟親信們商量起今後方針。

而在這時候，坐擁最大派系卻避免積極採取行動的繼位第一人選，也就是埃里格正靜靜地舉杯小酌。

「報告，戈頓皇子似乎又攆走了一名部下。」

「這樣啊。他還是老樣子。」

埃里格透過自己的情報網得知戈頓所為，便露出淺笑。

「將不順己意的部下全部攆走，到最後身邊就會只剩唯唯諾諾的奴才。你真愚昧，戈頓。」

「不過他似乎有所圖謀。請問如何處置？」

「擱著就好。反正他會跟底下那些人互相消耗，我的對手只有最後殘留的贏家。」

話說完，埃里格飲盡杯中的酒，然後靜靜擺到桌面。桌子上放著寫有戈頓、珊翠菈、李奧納多名字的紙牌。

「那麼，我的對手將會是誰？無論誰當對手，都沒有差別就是了。」

埃里格不改從容臉色，嘴裡喃喃嘀咕。當中並無類似於戈頓的傲慢，只有冷靜的判斷。對坐擁最大派系的埃里格來說，帝位之爭是個行經點。對他而言，由自己稱帝已成定局。

繼位人選的盤算就這樣相互交錯，帝位之爭即將迎接又一波混亂的高峰。

最強廢渣皇子暗中活躍於帝位之爭
偽裝無能的SS級皇子背地支配王位繼承戰

幽冥宮殿的死者之王 1 待續

Kadokawa Fantastic Novels

作者：槻影　插畫：メロントマリ

不死者vs死靈魔術師vs終焉騎士團，
三方勢力展開前所未見的戰鬥！

少年恩德受病痛折磨而喪命，再次甦醒時發現自己因為邪惡死靈魔術師的力量，變成了最低階不死者。他為了贏得真正的自由，決心與死靈魔術師一戰，然而追殺黑暗眷屬直到天涯海角，為誅滅他們不惜賭上性命的終焉騎士團卻又成了他的障礙……！

NT$240/HK$80

月夜涙
畫れい亜
3
世界頂尖的暗殺者轉生為異世界貴族
The world's best assassin,
To reincarnate in a different world aristocrat
Kadokawa
Fantastic
Novels

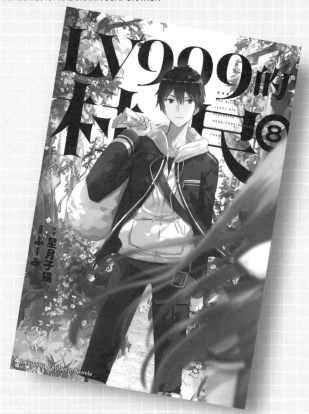

國家圖書館出版品預行編目資料

最強廢渣皇子暗中活躍於帝位之爭：佯裝無能的SS級皇子背地支配王位繼承戰 / タンバ作；鄭人彥譯. -- 初版. -- 臺北市：臺灣角川股份有限公司, 2021.02-

冊；　公分

譯自：最強出涸らし皇子の暗躍帝位争い：無能を演じるSSランク皇子は皇位継承戦を影から支配する

ISBN 978-986-524-247-3(第2冊：平裝)

861.57　　109020416

Kadokawa
Fantastic
Novels

最強廢渣皇子暗中活躍於帝位之爭 2 佯裝無能的SS級皇子背地支配王位繼承戰

（原著名：最強出涸らし皇子の暗躍帝位争い2 無能を演じるSSランク皇子は皇位継承戦を影から支配する）

2021年3月1日 初版第1刷發行

作　者：タンバ
插　畫：夕薙
譯　者：鄭人彥

發 行 人：岩崎剛人
總 編 輯：蔡佩芬
編　輯：孫千棻
美術設計：李思穎
印　務：李明修（主任）、張加恩（主任）、張凱棋

發 行 所：台灣角川股份有限公司
地　址：105台北市光復北路11巷44號5樓
電　話：（02）2747-2433
傳　真：（02）2747-2558
網　址：http://www.kadokawa.com.tw
劃撥帳戶：台灣角川股份有限公司
劃撥帳號：19487412
法律顧問：有澤法律事務所
製　版：巨茂科技印刷有限公司
ISBN：978-986-524-247-3

SAIKYO DEGARASHI OJI NO ANYAKU TEII ARASOI Vol.2
MUNO WO ENJIRU SS RANK OJI HA KOI KEISHO SEN WO KAGE KARA SHIHAI SURU